猫を愛でる犬

SIIRA
GOU
剛しいら

CHOCOLAT
BUNKO

ILLUSTRATION 東野 海

CONTENTS

白を基調《きちょう》にした、アイランド型のシステムキッチンには、一点の曇《くも》りもない。シンクはピカピカに磨《みが》き上げられ、生ゴミなんてものは欠片《かけら》もなかった。人工大理石《だいりせき》の調理台も、ＩＨクッキングヒーターも、まるで今設置されたばかりのようだ。

使っていないからではない。つい先ほど、薬師寺東陽《やくしじとうよう》は、自《みずか》らの手で作り上げた、鴨肉《かもにく》の白味噌《しろみそ》仕立てパスタをおいしく戴《いただ》いたところだ。その後でコーヒーを飲み、籠《かご》に盛られた新鮮《しんせん》なオレンジも食べた。

「うん、最高のランチだった。黒丸《くろまる》、それじゃ散歩に行こうか」

うろうろと東陽の後を追いかけていた、ブラックのラブラドール犬は、散歩という言葉の意味が分かるのか盛大に尻尾《しっぽ》を振っている。

「休日の最高の楽しみ。それは……自分で作る料理、そして日中の余裕ある散歩。心ゆくまで出来る掃除……。今日はいい日だ」

東陽は寝室に入り、部屋着から着替える。ジーンズにざっくりとした黒のセーター、縮《ちぢ》れた感じの千鳥格子《ちどりごうし》のマフラーをさりげなく巻いて、黒のハンチングを被った。

この姿で、身長百八十七センチある東陽が、黒丸を連れて散歩していると、まるで雑誌の撮影中かと思われるほど様《さま》になる。これで三十二歳、独身とくれば、恋人候補の女性が順番待ちの列を作って並びそうだ。

しかも父親は大手外食グループのトップで、ファストフードの革命児と呼ばれて伝説にもなっている。東陽は今は専務だが、いずれ社長となるのは明らかだった。そうなれば今の役員給与の何倍もの収入が保証される。

女性達を惹《ひ》きつける好条件が揃《そろ》っているのに、東陽がひたすら愛するのは、三歳の雄《おす》のラブラドール、黒丸だけだ。この魅力的な色男《いろおとこ》のベッドに入れるのは、黒丸のみ。どんな美女とデートしても、東陽は爽《さわ》やかに彼女の家の玄関《げんかん》先でサヨナラを言う。決して自宅に誘うことはしないいし、彼女の部屋に上がり込むこともない。

携帯電話と財布、それに万が一黒丸が粗相《そそう》した時のために、ビニール袋と水をポケットに入れて東陽は家を出る。後にしたスタイリッシュな外観の一戸建ての家は、自分の持ち家だ。僅《わず》かだが庭があり、植えられた木々は綺麗《きれい》に剪定《せんてい》されていた。

よく躾《しつけ》られた黒丸は、主人を引っ張るなんて失礼なことはしない。走り出したい欲望を抑えて、東陽の歩調《ほちょう》に合わせてゆっくりと歩く。マーキングのために用を足す場所も決まっていて、そこは近隣《きんりん》の犬達の御用達《ごようたし》の場所だったが、もちろんそこでも粗相の後は水で流すという配慮《はいりょ》を東陽は忘れていなかった。

「いい天気だ。ドッグランに行こうか?」

この先の公園内に、狭いがドッグランがある。そこで黒丸を放すのは、休日の特別な楽しみの一つだ。

散歩コースが公園と知って、黒丸の歩調も早くなる。いつもならそこで抑えるところだが、今日は東陽もとても気分がいいので、一緒に半分駆けるようにして公園に向かった。

公園には犬仲間がいる。犬同士も仲がいいが、自然と飼い主同士も顔見知りになり、それとなく会話も弾んだ。

「こんにちは、黒丸君」

まず犬に挨拶《あいさつ》するのがここでの礼儀《れいぎ》だ。コーギーを連れた若い女性が、笑顔で黒丸の頭を撫《な》でる。ウェブデザイナーをやっているとかで、服装のセンスもいいし、顔立ちもかなりの美人だ。独身らしいのは、会話の端々《はしばし》からも分かる。

お互いに犬好きなのだから、ここで親しくなってもよさそうなものだが、東陽には全くその気はない。

「こんにちは。ランディ君、食欲はどうです?」

東陽は普通に、まず犬の話から始める。するとウェブデザイナーの女性の頬《ほほ》が、意味もなく赤らむのが分かった。

東陽の黒い髪は、見事にカットされている。行きつけの美容院の担当美容師は、東陽の髪型に命を懸《か》けているくらい丁寧《ていねい》な仕事をするからだ。東陽ははっきりとした顔立ちの色男だが、残念なことに視力だけは悪い。普段はコンタクトを使用しているが、時折お洒落《しゃれ》な眼鏡《めがね》に変えることもある。

　今日は休日なので、眼鏡をしていた。それがまた知的な雰囲気を加味《かみ》させる。

「犬って敏感ですよね。私の仕事が行き詰まってたから、ランディにも影響しちゃったみたいです。仕事が終わったら、普通に食べるようになりました」

「それはよかった。本当に犬は、見かけによらずデリケートですからね」

　にこやかに答えながら、東陽はドッグランの囲いの中に入り、黒丸のリードを外《はず》した。するとと黒丸は、短足のコーギーと一緒に、勢いよく走り出す。

　黒丸が幸せならそれでいい。東陽は親バカ丸出しの顔になって、にこにこと走り回る黒丸の様子を見ている。

「あの……今度、新しいドッグランが……」

　彼女が話し掛けた瞬間《しゅんかん》を狙《ねら》ったかのように、携帯電話が鳴り出した。新しいドッグランに誘われても迷惑だ。東陽は内心ラッキーだと思いながら、失礼と手で示して彼女から遠ざかり、携帯電話を開いた。

「はい、何、父さん？」

　相手は父親だ。休日といえども、電話を無視していい相手ではない。

『東陽、今から、ちょっと付き合わんか』

「今からって、散歩中ですが？」

『一時間後でもええよ。安心しろ、見合いじゃない。仕事の話や』

関西を離れて何十年となるのに、父の言葉は妙《みょう》な関西弁のままだ。

「どんな話です」

『おまえにうってつけの仕事や。別に、スーツでなくてもええで。いつもみたいな洒落た格好で来てもええから』

「私にうってつけって……」

何だか嫌な予感がする。いつもは居丈高《いたけだか》な父が、腰《こし》を低くしている時はろくなことがない。とんでもない難題《なんだい》を押しつけられそうだなと、東陽は唇《くちびる》を歪《ゆが》めた。

「どこに行けばいいんですか？」

『車で、家まで迎えに来いや』

「分かりました」

実家《じっか》は近くだが、あまり帰りたくないというのが本音だ。あの家に行くと、いつでも東陽は苛立《いらだ》ちを抑えることが出来なくなる。

何しろ壊滅的なインテリアセンスなのだ。居間には、恵比寿《えびす》様の像とか、木彫《きぼ》りの熊《くま》とか、いつの時代のものか分からないこけしまで、所構《ところかま》わず飾《かざ》ってある。父に言わせれば、それぞれに御利益《ごりやく》があるそうで、決して粗末《そまつ》にしてはいけないものらしい。

黒丸は東陽の気分が沈《しず》んだのを察して、近くに寄ってきてその手をぺろっと舐《な》める。

「……また実家で留守番《るすばん》になりそうだよ。母さんには、あまり甘やかさないで欲しいって言ってあるんだが、すぐに何でも食べさせるからな」

中々孫《まご》の顔を見せない東陽への当てつけなのか、母は黒丸を連れていくと、実の孫のようにやたら甘やかして溺愛《できあい》するのだ。ペットの健康は、健全な食生活からというのが東陽の信念なのだが、そんなものは軽く無視される。

「どうした……今夜はスペシャルディナーになりそうだから、今のうちにたっぷり走っておいたほうがいい。どうせまた、骨付き肉とか用意して待ってるだろうから」

ちょうど同じ年くらいの、茶色のラブラドールがやってきた。東陽は黒丸のお尻を叩いて、一緒に走るように促《うなが》す。すると黒丸は、たいして気のりしない様子で走り出した。

せっかくのいい休日が、何だか台無しになりそうだ。夜は自分で鮎《あゆ》を焼いて、鮎酒をちびちび楽しもうと思っていたのに、実家での食事となったらそうはいかない。東陽が来ると知った母は、すぐに寿司を取り寄せ、なおかつすき焼きまで用意するだろう。

何であんな家に、こんな自分のような男が生まれたのか。

それはまさに奇跡としか言いようのないことだった。

「黒ちゃーん。待ってたのよう。ああ、いい子だねぇ、可愛《かわい》い、可愛い」

黒丸を見た途端《とたん》に、母の玉美《たまみ》の声は一オクターブ高くなる。東陽はリードを外し、黒丸が精一杯のお愛想《あいそ》で、盛大に尻尾を振る様子を見ながら、すでに玄関からしてカオスだとうんざりする。

「またこんなもの飾って」

一時のドライフラワーよりはましだが、和紙で作った花が所狭《ところせま》しと飾られている。どうせ母が、趣味の教室とかで作ったものだろう。

「いいじゃないの。母さんの力作なんだから」

黒丸と一緒に、嬉々《きき》として居間に戻る母について、東陽も中に入る。

僅か五秒で、もう帰りたくなってきた。なぜかと言うと、おかしな健康器具が、また追加されていたからだ。

「父さん、行きますよっ」

まだ居間にもいない父に向かって、東陽は叫ぶ。

「ああ、そうだ。お祖母《ばあ》様にお線香《せんこう》……」

東陽は律儀《りちぎ》にも仏間《ぶつま》に向かい、一昨年亡くなった祖母の遺影《いえい》の前に座《すわ》り、線香をあげて手を合わせる。

東陽にお洒落な生き方を教えてくれたのは、偉大《いだい》な祖母だった。祖母がいなかったら今頃は東陽も、成金息子らしいセンスのない生き方をしていただろう。代々続く公家《くげ》の末裔《まつえい》で、本来だったらお姫様だった祖母から、どうやったらあの父が生まれたのかは謎《なぞ》だが。

「おうっ、待たせたな。ほな、母ちゃん、ちょっと息子と出てくるわ」

ぱたぱたと足音をさせて、父の光陽《こうよう》が出てくる。その姿を見て、東陽ははぁっとため息を吐《つ》いた。

いかにも成金丸出しのスタイルだ。派手なイタリア製のブルゾンに、ちっとも似合っていないボッテガヴェネタのバッグ。せめてスタイルでもよければいいのに、でっぷりとした腹が、締めた金ぴかのエルメスのベルトの上で揺れている。

「運転、私なんでしょ」

「決まってるやないか。ビール一杯で、免停《めんてい》になったらアホらし」

「飲む気なんだ」

父とはあまり飲みたくない。飲めば必ず、同じ話を聞かされる。大阪で事業に失敗した祖父が、東京に出てきて小さなたこ焼き屋を始め、そこから現在の居酒屋や牛飯《ぎゅうめし》ファストフードのチェーン店経営にまで発展した過程を、うっとりとした顔で話されるのはごめんだった。

「そんなに飲まんて。相変わらず、面白みのないやっちゃな。草食系男子か？　東陽は枯《か》れ草系とちゃうか」

へらへらと笑って、父は玄関に向かう。すると母と黒丸が見送りに来た。

「黒ちゃん、今日は店からな、特製の牛肉取り寄せたから、思い切り食ってええからな」

「牛肉って、まさか油だらけのやつじゃないでしょうね？」

「心配すなって。メタボの心配せいへんように、ローストビーフ用の赤身や」

「そんな贅沢《ぜいたく》させると、後でドッグフード食べなくなるんだけど」

「ええやないか。どうせ短い犬生《けんせい》や。旨《うま》いもんぎょうさん食って、楽しく生きなな」

そうやって自分のことも甘やかすから、そんな体型になってしまうのだ。東陽の父だけあって、若い頃の写真など見るとなかなかの色男だった。痩《や》せればそれだけで、今でも十分に魅力的になれるだろう。

けれど母に言わせると、お父さんはみっともないくらいでちょうどいいとなる。あまりにも色男だと、いろいろと大変なことになるらしい。

確かに東陽が幼い頃は、おかしな女が乗り込んできて、いきなりの修羅場《しゅらば》展開なんてものもよくあった。そういった生育《せいいく》環境のせいで、東陽は恋愛が苦手になったのかもしれない。

「で、どこに行くんです？」

「ああ、国道沿いにあるな、『ブルーバード』ってファミレスに行ってくれへんか」

「……」

ファミレスということは、誰かと待ち合わせだろうか。父は見栄っ張りなので、商談《しょうだん》などでは一流と言われる店を使う。やっているのは庶民《しょみん》相手の商売だが、自分は違うというプライドがあるのだろう。

東陽は父を乗せて、愛車のレクサスを国道に向けて走らせる。

『ブルーバード』の何店ですか？」

ナビにセットしようと思ったら、意外な答えが返ってきた。

「どこでもええわ。一番近いとこで」

「はっ？」

はっきり言って『ブルーバード』というファミレスは、待ち合わせに使うくらいしか利用価値のない店だった。たとえランチが五百円だとしても、東陽がそこで食事をすることはない。『ブルーバード』で食べるくらいなら、空腹でも我慢《がまん》してしまう。

父が行きたいからには、それなりの理由があるのだろう。東陽は一番最初に目についた、青い鳥のキャラクターがいる看板《かんばん》を目指して車を進めた。

「ここでいいですか？」

「ああ……」

駐車場に入った途端に、東陽は素早《すばや》くチェックする。これはもう職業病ともいえる癖《くせ》だ。東陽の頭の中には、店舗《てんぽ》のチェックシートが入っていて、そこに勝手に評価《ひょうか》が書き込まれていく。

経営する店でも、専務のチェックとなると店長達は震《ふる》え上がる。徹底《てってい》的にやられるので、手抜きというのは許されないからだ。

「ひどいな。駐車場のアスファルトがひび割れてますよ。植え込みの剪定もやってない。雑草も抜いてないじゃないですか……」

こんな店では、正直言ってコーヒー一杯飲みたくない。だが仕事だと言われれば、入らないわけにはいかないだろう。

中はさらに悲惨《ひさん》だった。椅子《いす》のシートが破《やぶ》れている。さらにメニューも、いつのものか分からないほどよれよれで、欠品《けっぴん》のところに白くシールを貼ってあるのが目立つ。

こんな店でも立地《りっち》のよさと値段の安さからか、そこそこ客は入っている。なのにスタッフの数は少なく、妙なデザインの制服がちっとも似合っていないオバチャンパートが、一人で走るようにして接客していた。

「この様子じゃ、これを押さないと、オーダーしないでいつまでもいられそうですね」

呼び出しの機械は、ファミレスの効率化《こうりつか》にはいいのだろうが、東陽は嫌いだ。自店の居酒屋でもこれは使っていない。オーダーを取りやすいように、スタッフが常に客席に顔を出していればいい。そのために人件費がかさんでも構《かま》わないと、東陽は思っている。

「父さん、まさかここでディナーなんて言わないでくださいね。これだと黒丸のほうが、ずっと旨いものを食べてることになってしまう」

「……ま、試しに何か食ってみようや」

「いや、コーヒーでいいです」

ドリンクバーには、淹《い》れたてコーヒーのマシンではなく、ただサーバーがセットされているだけだった。スタッフが少ないせいで、一つのサーバーは空《から》になっている。もう一つも煮詰《につ》まった感じで、飲まずともそのまずさが想像出来た。

父はよれよれのメニューを見ながら、ふーんと意味もなく呟《つぶや》いている。

「父さん、そろそろ本題に入りませんか？　せっかくの休日なのに、付き合ってるんですから、時間を無駄《むだ》にしたくないです」

「ああ、せやな。実は……ここな、買い取ったんや」

「はっ？」

「社長の青山《あおやま》さんにはな、うちが牛飯の『ぎゅうぎゅう亭』始める時に、えらい世話になったんや。あの人にノウハウ学ばなんだら、現在のうちはなかったやろ」

東陽はバンッとテーブルを思わず叩いてしまった。

嫌な予感はしていたが、まだここを再建《さいけん》するのに、知恵を貸してくれとか言われるのかと思っていた。けれどその程度のものではなかったらしい。

「父さん、また昭和の世界ですか？」

「んっ？」

　父はメニューに向けていた顔を上げて、困ったように東陽を見る。

「義理《ぎり》とか人情《にんじょう》で、成り立つ世の中じゃありませんよ。やっていけなくなって、青山社長が泣きついてきたんでしょ？　こんな不良債権《ふりょうさいけん》引き受けて、どうするつもりなんです」

「負債整理うまくやれば、立地のええとこにかなりの店舗数が残る筈《はず》や。俺んとこに持ちかけた話な、もうアホみたいな値段なんやが、それでも売らな、青山さん、首括《くく》ることになんねんで」

　そんなことは知ったことかと言いかけて、さすかにそれは言い過ぎだと東陽は別の言葉に変えた。

「いいですか、買うだけ買っても、維持《いじ》するのが不可能ですよ。何店舗あるのか知りませんが、すべての店舗がこんな調子だったら、全店リニューアルするのに、いくら掛かると思ってるんです」

「ええやないか。ここんとこ黒字続きで、ええ加減税金払うのがバカらしいなってきたわ。多少の赤なら、どうってことないやろ？」

「多少の赤が一年ならいいですが、ずっと赤だったらどうします？　私だったら、こんな不良債権、ただでも貰《もら》いませんよ」

自分で言ってから東陽は、まんまとはめられたなと悟《さと》った。

父が次に口にする言葉が、楽々想像出来てしまう。

「だからおまえに相談したんや。専務、どや、やり甲斐《がい》のある仕事やろ？」

「何かの悪い冗談ですか？　無《む》から有《ゆう》を生み出すほうが、ずっと楽です」

客が帰った後のテーブルはそのままで、片付けられる様子もない。しばらくしてやっと厨房《ちゅうぼう》から男性スタッフが来て、次々と片付け始めた。きっと店長だろう。あの様子では、調理補助《ほじょ》から洗い物まで、何もかも兼任《けんにん》している感じだ。

「ああやって頑張ってるスタッフもおるんや。彼には家庭もあるやろ。それをなぁ、見殺しには出来んやろ？」

「あーあ、これだから昭和の発想の人は困るんです」

確かに会社は、この不況の時代にも負けず、業績は大きく落ち込んではいない。それだけでも素晴《すば》らしいことだった。だがここで冒険《ぼうけん》などしたら、簡単に失速してしまう。一度落ちたら、回復させるのは難しい。

「もうファミレスの時代じゃありませんよ」

「そうやって、何でも切り捨てていったら、本当に必要とする人達はどうするんや。安くて、ゆっくりと食事出来るファミレスは、消えたらあかんのや」

「そういう精神主義を、ビジネスのところに持ち込まないでください」

その頃になってやっと店長らしき男は、このテーブルのオーダーがまだだったことに気が付いた。そして少し苛立った様子をしながらも近付いてきて、言葉だけはマニュアルどおりに言ってきた。

「ご注文はお決まりでしょうか？」

「ああ……セットステーキ頼むわ。ライスでな。ドリンクバー付けてや」

「はい、そちら様は？」

「ドリンクバーで」

「畏《かしこ》まりました」

店長は苛々している。スタッフを募集しても、近隣の店より五十円時給が低ければ、なかなかいい人材は集まらない。本部に応援を頼んでも、のらりくらりと言い逃《のが》れされて、応援なんて滅多《めった》にやって来ないのだ。

皆のやる気は低下していくばかりだ。そして自然とスタッフが辞めていき、またもや負のスパイラルが続いていく。

目に見えるような展開だ。

「それでな。一人じゃ大変だろうから、ええ相棒《あいぼう》を呼んでやった」

「はっ？　また余計《よけい》なことを。社内に優秀な人材だっていますよ」

「いや、ここはな。これまでにない、画期的《かっきてき》な発想の転換《てんかん》が必要や。俺らも、そろそろ一流企業に仲間入りしてええ頃や。何しろ、次はおまえの時代やからな。一流の大学に行かせたが、それに見合う男になった。ほんまにおまえはやり手や」

「褒《ほ》め殺しなんかに乗りませんよ。だったら信頼して、私に何もかも任せたらいいじゃないですか」

叱《しか》られる時よりも、褒められた時のほうがいろいろとまずい。東陽は経験から、そう学んでいた。

「おまえが入社してから、業績は鰻登《うなぎのぼ》りや。だから、家も買《こ》うてやったやろ。黒ちゃん飼って、優雅にセレブしてるやないか」

「誰のおかげだって言いたいんでしょ」

少し頭を冷やしたくて、東陽は立ちあがる。

「飲み物、取ってきます。父さんは何がいいですか?」

「お茶でええわ。日本茶のティーバッグあったやろ?」

太りすぎの父には、もっとも相応《ふさわ》しい選択に思える。東陽は頷《うなず》いた。

「そんでな。アメリカに支店を出店した時に世話になった、企画プランナーの神流木《かんなぎ》さんの息子がな」

「えっ?」

東陽が行こうとしているのに、父はそのまま話し続ける。

「二十九やそうやけど、仕事継いで、これがまた使える男なんや。神流木さん、奥さんアメリカ人やから、この息子がイケメンでなぁ」

「またまた、自分の人脈《じんみゃく》を勝手に使うんですか？」

そんなイケメンなんて来なくていい。東陽は自分が任された以上は、すべて自分一人で仕切りたかった。

「申し訳ないですが、アメリカから来ても日本のファミレスの再建には使えないですよ」

立っているのもバカバカしい。東陽はまた座り直し、父に向かって冷たく言い放つ。

「それがあるんや。アメリカにもファミレスみたいなんがあるやろ。それの再建に成功して、今はそのドライブレストランチェーンは、ウハウハやそうや」

父に経営手腕がないとは言えない。祖父が作り上げたたこ焼きのチェーン店から、居酒屋、ファストフードと手を広げ、東陽が生まれた頃にはそこその企業に成長させていた。

義理だの人情だのと、昭和の遺物《いぶつ》が通用した時代だったから、父の経営方針も当たったのだろう。

けれどそんな父が、今になっても自分の世話になった人達の人脈を使いたがるのは、はっきり言って迷惑だった。

「まさか、もうギャランティの契約までしたなんてことはないでしょうね。私は、まだ何も聞いてませんが」

さらに悪いことに、ワンマン社長の父は、時に会社内の会議に何ら掛けることなく、勝手に自分で決めて動いてしまう。

すべてが事後報告《じごほうこく》となっても、異論《いろん》を唱《とな》える者はいない。副社長は叔父《おじ》だし、専務は東陽だ。部長達は皆、現場からの叩き上げで、父と苦楽を共にした社員だから、ノーなどと口にする者はいない。社長がやりたいと言ったら、絶対なのだ。

「まぁまぁ、ええやないか。この際や。おまえも勉強させてもらえばええねん」

何を今さら、そんな年下の半分アメリカ人に習わないといけないのだ。東陽はうんざりしながらも、父が勝手にすべてを決めてしまったことを受け入れるしかなかった。

「そんでなぁ、部屋、借りてやるのにちょっと手間《てま》取《ど》ってな。おまえの家、部屋、余ってるやろ？　しばらく面倒みてやってくれへんやろか」

「はっ？」

「ホテルいうても、長期間じゃな。それにいろいろと打ち合わせするのに、一緒だと便利やろ」

冗談じゃない。東陽はたとえカノジョと呼べるような女性でも、他人と同居するなんて無理なのだ。完璧《かんぺき》とも思える、あの美しい空間が最高の癒《いや》しなのだから。

「部屋を借りてやるくらい、出来るでしょ？」

「それが、日本語は話せるんやが、こっちで暮らしたことはあまりないんや。それとな、猫飼ってるらしくて、ペット飼えるような、ちょうどあちらさんにええ部屋が見つからんのや」

「猫……」

ああ、もう駄目《だめ》だ。ファミレスのテーブルでも構わない。空手黒帯《からてくろおび》三段の実力で、父の前で叩き割ってしまいたかった。

「無理です。神流木さんの息子一人でも無理なのに、猫って……。第一、家には黒丸がいるんですよ」

「黒ちゃんはええ子や。何なら、黒ちゃん、家《うち》で預かってもええで」

「冗談じゃない。実家になんて預けたら、いつの間にか、黒豚になってますよ」

四面楚歌《しめんそか》という言葉が、東陽の脳裏《のうり》を過《よ》ぎる。

静かな生活を手に入れるために、本来の自分が目指す路線とは違う、大衆《たいしゅう》向けの飲食業で頑張ってきた。業績をあげねば、役員報酬だって堂々《どうどう》と受け取れない。浪花節《なにわぶし》男の父は、従業員に十分な給料が払えなければ、平然《へいぜん》と役員報酬をカットしてしまうからだ。

あの素晴らしい家を建てるのに、祖母の遺産と父からの借入金《かりいれきん》を使った。父は返さなくていいと、もうあの金をくれたつもりになっているが、東陽としてはそんなに甘えたくない。

自分で使うものは、自分で稼《かせ》ぎ出す。それが男というものだ。

設計士と綿密《めんみつ》に打ち合わせをして、快適《かいてき》に暮らせるように作り上げた。犬を飼うことを想定して作っているが、猫なんてものは一度として浮かんでいなかった。

平気で室内の至《いた》るところで爪研《つめと》ぎし、テーブルやキッチンの上にひらりひらりと飛び乗る、最強、最悪の生き物にしか思えない。

「それじゃ私が、至急《しきゅう》、猫の飼える部屋を探します。とりあえずはホテルでもいいなら、ペット可のホテルを探しますから」

「そんなこと言うなや。俺がアメリカに行った時には、ホテルじゃ不便《ふべん》やからって、神流木さん家に、ずっとホームステイさせてもろたんやで」

「だったら実家で面倒みなさいよっ」

「無理や。今、部屋住みのスタッフがおるから」

ここでもまた、人情家の面が仇《あだ》となった。父は見込みのある独身社員を、自宅に住み込ませて、食事から何からすべて面倒見てしまうのだ。

「しばらく一緒に暮らしたけど、ロバートはええ子やで。おまえと違って明るくてな。おまえが女やったら、婿《むこ》にしたいくらいや」

東陽には三歳下の双子の妹がいるが、残念ながら二人とも、それぞれに相応しい相手を見つけて結婚してしまっている。妹達に押しつけることも不可能だった。

「父さん、私に何か恨《うら》みでもあります？」

ついそんなことも言いたくなってしまう。

「頼む。ここは一つ、俺のために一肌《ひとはだ》脱いでくれんか」

そこで父は東陽を拝《おが》みだした。そんなみっともないことを、ここでされたくない。そう思っていたら、料理が運ばれてきた。

鉄板に乗せられたステーキ肉は、いかにも硬そうだ。しかも添《そ》えられているのは、冷凍《れいとう》物のミックスベジタブルと、これもきっと冷凍物だろうフライドポテトだった。

ご飯はなぜか大盛りだ。安くて腹一杯になる。それが売りなのかもしれないが、女性だったらこの半分で音を上げるだろう。

センスがない。まさに昭和の香りがする店だ。

こんな店の再建だけでも大変なのに、猫が来る。

ロバートなんて男はもうどうでもいい。まず猫を何とかしないと、どうすることも出来なかった。

成田空港の手荷物《てにもつ》受取所では、同じ便で帰国した女性達は落ち着きを無くしていた。どう考えても、あれは映画俳優かモデルだろう。あるいはミュージシャンかもしれない。なのに名前が思いつかなくて、携帯でこっそり写真を撮るのも戸惑われたからだ。

神流木・ロバート・美星《びせい》。企画プランナー、神流木宗一《そういち》の長男で、ロスアンゼルスでもっとも注目されている若手プランナーだ。

レストラン、クラブ、バーなどの企画を打ち出し、設計にも参加する。自身、設計士の資格も持っている、かなりのやり手だ。

けれどその外見があまりにも華やかで美しいから、タレントやモデルだと誤解《ごかい》されることが多い。百八十四センチのすらっとした長身で、足は細くて長いが、上半身にはほどよく筋肉が付いている。

髪は明るい茶色で、目も同じような色だ。日米のハーフだから、欧米人《おうべいじん》にしては柔和《にゅうわ》な顔立ちで、日本人からすると、はっきりとした顔立ちの美形に見える。

「ああ、マトリックス。辛《つら》かったろう？　長旅《ながたび》だったね」

ロバートはそう言って、ケージに入ったものに話し掛ける。

「ウンニャーン」

　ケージの中からは、ハスキーな鳴き声が聞こえた。すぐにロバートはケージを開き、手にしたリードを見事に均整《きんせい》の取れたアビシニアンの首輪《くびわ》に付ける。するとそれが合図《あいず》のように、アビシニアンのマトリックスは、ロバートの肩に飛び乗った。

「オーケー、機嫌《きげん》は悪くないか。今、迎えの車が来るから、その中でゆっくりしよう」

　肩に猫を乗せ、揃いの大型スーツケースを幾《いく》つも積んだカートを押してロバートが歩き出すと、ますます注目が集まった。

　いかにも穿《は》きこなしたといった感じのジーンズに、ブルゾンの下は薄いTシャツ一枚だ。程よく胸筋の盛り上がった胸には、シルバーのペンダントが揺れている。左に三つ、右に二つピアスが付いていていて、腕にはマトリックスの首輪とお揃いの、ヒョウ柄のバングルをしていた。

『神流木・ロバート様』と書かれたボードを手に、出口でじっと突っ立っている男がどうやら迎えの人間らしい。

「ハァイ、神流木・ロバートです」

　その男の前に立つと、ロバートは微笑《ほほえ》んだ。

　日本人にしては背が高い。もしかしたら自分よりも僅かに高いだろう。髪は漆黒《しっこく》で、きっちりとカットしてある。スーツはオーダーだろうか。濃紺《のうこん》のピンストライプで、シャツは白。ネクタイも紺に赤のドット柄で王道の着こなしだった。

靴《くつ》はピカピカに磨かれていて、腕にはロレックスの時計をしている。もしかしたら、これが薬師寺光陽の自慢《じまん》の息子かと、ロバートは眉《まゆ》を顰《ひそ》める。

あまりにも完璧で隙《すき》がない。外見は実に好みのタイプだが、中身はどうだろう。まず微笑みに対して、微笑みを返さない時点で無理だなと思った。

「わざわざロスアンゼルスからお越しいただき恐縮《きょうしゅく》です。ヤクシジグループの専務をしております、薬師寺東陽と申します」

儀礼的《ぎれいてき》に握手《あくしゅ》の手が伸びてきた。

まぁ、最初だから緊張しているのかなと、ロバートは親しげに手を握る。けれど東陽はすぐに手を放してしまったので、こりゃあまり歓迎《かんげい》されていないなと、すぐに察した。

東陽はロバートの手からカートを受け取り、先導《せんどう》して歩き出す。ロバートは手が自由になったので、肩に乗ったマトリックスを抱きかかえた。

「もしかしてあなたの家に泊めて貰うのかな?」

「すぐに、ペットが飼える部屋を見つけますから」

東陽の背中には、怒りが滲《にじ》み出ているように感じられた。

「あ、もしかして猫嫌いなの?」

「……犬がいるんで」

「ああ、それなら心配ない。マトリックスは犬みたいな猫なんだ。アビシニアンは頭のい

い猫なんだけど、マトリックスは特に優秀なんだよ。今も怯《おび》えてないだろ」

ちらっと東陽はロバートを振り返り、抱《かか》えられているマトリックスを見る。けれどその顔に笑みはなかった。

「どんな犬を飼ってるの?」

「黒のラブラドールです」

「オウッ、ファンタスティック。ラブラドールはとても利口《りこう》な犬だ。友好的だし、きっと仲良くなれるよ」

東陽は返事もしない。黙々《もくもく》と駐車場に進み、駐められていたバンのハッチを開いて、荷物を積み込み始めた。

「ねぇ、ユーが俺の仕事のドウリョウなんだろ? だったらもっとフレンドリーにいこうよ。俺は明るい性格だから、何でもオープンに話してくれると嬉しい」

「それは失礼しました。私はこの通り、暗い性格なもので、何でもクローズしますから」

ちくっと嫌みっぽく言われて、ロバートはむっとした。光陽の息子でなかったら、ぶんなぐっていたところだ。

「ユーのパパは、とてもいい人だ。明るくて、フレンドリーで。なのに、ユーはちっとも似てないな」

「似たくもないでしょ。あの父のおかげで大迷惑ですよ。いきなり不良債権の始末《しまつ》の肩代《かたが》わりをしたと思ったら、今度はそれを再生しろと言われてもね。あなたも見たら分かりますよ。社長がいかに愚《おろ》かなことをしたか」

「ああ、ビジネスの問題で暗くなってるのか。それなら心配ない。俺に任せておけば、何の問題もないよ」

単純なロバートは、すぐに機嫌を直す。東陽は自分に課された難題で、憂鬱《ゆううつ》になっているだけなのだ。そう思えば、東陽の不機嫌さもよく分かる。

ロバートは東陽に示されて、後部座席に乗り込んだ。するとそこには、猫用の水ボトルと、レトルトパウチの猫のご飯がちゃんと用意されていて、しかもペット用シーツや、ふわふわのクッションまで準備されていた。

「ああ、素晴らしい。ユーは気配りの人なんだな」

「その……ユーってのは止めてくれませんか。まだ東陽と呼ばれたほうがいいな」

「オッケー、東陽。いい名前だ。俺の日本名は美星だけど、ロバートと呼んで。そのほうがいい易《やす》いだろうし」

これでまた東陽を見直した。ロバートよりも、マトリックスに対する気遣いが大きかったのは素晴らしい。人間は多少のことは我慢出来るが、小さな動物である猫には、長旅はいろいろと辛いものがあるのだ。

きっと東陽は、とても犬を可愛がっているのだろうと思った。そうでなければ、ここまでのことは思いつかない。

「ロバート、ではこれからは、敬語《けいご》はキャンセルでいいだろうか」

「オッケー、いいよ。日本語の敬語、難しい。マトリックス、よかったな。このパウチはおいしそうだ。ツナだよ、マトリックス」

マトリックスはクッションが気に入ったのか、その上に早速《さっそく》乗って喉《のど》をゴロゴロ鳴らしている。ロバートはロスアンゼルスだけでなく、アメリカの各都市に出掛けるが、その旅に必ずマトリックスを同伴《どうはん》した。旅慣れた猫だが、いきなりこんなにご機嫌になるのは珍《めずら》しい。

「ロバートには水とコーラを用意してあるから、好きなほうをどうぞ」

「サンキュー、東陽。マトリックスがご機嫌だ。いいね、東陽と暮らすのが楽しみになってきた」

東陽はしっかりシートベルトをすると、車をスタートさせる。

「よければ走ってる間に、問題のレストランのビデオでも観ていてくれ」

「いいよ。観ようか」

後部座席用のモニターに、自分で撮影したものらしいビデオ映像が映し出される。こんな店をどうしろっていうんだと、東陽の叫びが聞こえてきそうなほど、あら探しの徹底したビデオが始まった。

「ふーん、薬師寺さんは、これをいくらで買い取ったんだろう？　きっとあの人のことだから、お金じゃなくて人助けだね」

　ロバートから見ても、これは確かにビジネスとしては手を出したくない物件だった。

「七十五店舗あったが、売れるものは売って処分した。うちのやっている業種に転換出来るものは転換し、残ったのが五十店舗、これは立地的にファミレスが向いているし、客も付いてはいる」

「そこから再スタートか……倒産《とうさん》させてしまうことは簡単なのに……薬師寺さんは何とか残してあげたいとか思ってしまったんだろうな」

　光陽が元の経営者に泣きつかれて、『よっしゃ、それなら俺が買うてやるわ。店の名前は残すから安心しとき』と、大見得《おおみえ》を切っている様子が目に浮かぶ。

「資料は用意してある。英語と日本語、両方のバージョンで作ってあるから、読みやすいほうで読んでくれ」

　東陽の言葉に、ロバートは頷く。ビジネスパートナーとしては、東陽は使えそうだ。一歩先を行く気配りが出来る相手とは、仕事がとてもしやすい。

　五十店舗すべての設計図と、土地の公図《こうず》、さらには店内の至るところの写真が掲載《けいさい》されている。ここでもまた、問題点を徹底的に追及《ついきゅう》しているのが東陽らしい。

「憎しみを感じるね」

ロバートは思わず笑ってしまった。

「ああ……こんな厄介《やっかい》なものを押しつけられて、正直、社長を恨んでる」

バックミラーに、ふっと笑った東陽の顔が映った。

そのままでも色男だが、笑うともっといい感じになる。ロバートはマトリックスの背中を撫でながら、ふと、東陽の体を撫でている場面を想像してしまった。

これだけ外見に気を配っているなら、きっと体も細部まで手入れが行き届いている筈だ。綺麗好きな日本人らしく、日に何度もシャワーを浴びたり、サウナに行ったりしているだろう。

化粧品などもいいものを使用していて、肌に鼻を寄せたらいい香りがするかもしれない。

東陽が独身なのは聞いている。結婚する気がまるでないと、光陽は嘆《なげ》いていた。だったらゲイなのかもしれない。

いや、ここまで自分に拘《こだわ》る様子からすると、間違いなくゲイだろう。

ロバートはそこまで考えて、何だか嬉しくなってくる。気むずかしさを感じるが、そんなものは堕《お》とす楽しみにはなっても、障害にはならない。

「東陽、ずっと一人で住んでるのか？」

「実家を出てからは、犬と暮らしてる」

「人間は？　恋人とかは来るのかな？　俺がいると、そのいろいろと邪魔《じゃま》だろ」

さりげなく心配するふりをして、ロバートは探ってみた。

「ああ、その心配ならいらない」

「そうか……」

仕事中は、出来るだけ大人《おとな》しくしていようと思った。わざわざ父の母国まで、知り合いに頼まれた仕事でやってきたのだ。そこでいろいろと問題を起こすことは、まずいだろうと思ったが、こんな機会をみすみす逃すのはもったいない。

数ヶ月の滞在《たいざい》の間、東陽がプライベートでも相手をしてくれたなら、申し分ないではないか。

自分よりも背が少し高いけれど、そんなことは問題ではない。体つきはそんなマッチョでもなさそうだし、二人、裸《はだか》で並んだらほぼ互角《ごかく》だろう。ロバートにとって、もっとも好みのタイプなので、思わず舌《した》なめずりしてしまいそうだ。

そこで慌《あわ》ててロバートは、猫なで声でマトリックスに話し掛けた。

「マトリックス、お腹は空《す》いたか？　おいしそうだね。いただこうか」

用意された紙のボウルに、パウチの中身を空《あ》けた。するとマトリックスは最初警戒していたが、すぐに誘惑に負けてがつがつと食べ始めた。

「料理を選ぶ彼のセンスはよさそうだ」

きっと東陽は美食家《びしょくか》だ。美食家の男は、肌が綺麗なことが多い。特に東洋人は、きめの細かい滑《なめ》らかな肌をしていることが多いから、なかなか楽しみだなとロバートは一人微笑んでいた。

案内された家を見て、ロバートはますます東陽のセンスが気に入った。

「美しい」

マトリックスを抱いて入ったロバートは、正直な感想を漏《も》らす。内部はまるでモデルハウスのように綺麗で、白とナチュラルブラウンのバランスが心地《ここち》いい。

リビングから、白い螺旋《らせん》階段を上って二階に行くようになっていて、吹き抜けも広々としている。アメリカの大邸宅《だいていたく》を見慣れたロバートにも、コンパクトながらセンスのよさと、住み心地の快適さが感じられた。

「いい家だね、東陽」

そこにのっそりと、ブラックのラブラドールがやってきた。人見知りはしないのか、ロバートを見て尻尾を振っている。けれど抱いているものが猫だと気付いて、慌てて東陽の後ろにその大きな姿を隠した。

「名前は？」

ロバートは床にしゃがむと、マトリックスが飛び出さないように気をつけながら訊《たず》ねる。

「黒丸だ」

「そう、黒丸。怖がらないでいいよ。猫に引っ掻《か》かれた経験があるのかな？　マトリックスは紳士《しんし》だから、おかしな真似《まね》はしないから」

けれど警戒心が強いのか、黒丸は吠《ほ》えてマトリックスを威嚇《いかく》する。するとマトリックスはひらりとロバートの手から抜け出し、全身を逆立ててフーッと黒丸を威嚇した。

「こんなことになるから、駄目だって父に言ったのに。ホテルに移動したほうがよさそうだ。部屋はペットが飼えるところが見つかりそうなんで、それまでの間……」

「何で？　俺はこの家が気に入った。何も、ホテルやアパートメントで無駄に金を使うことはないじゃないか。こんなにいがみ合うのも、最初だけだよ」

「雄猫はマーキングするし、所構わず引っ掻くから、本当は歓迎していない。お互いの平和のためにも、やはり同居は無理だろう」

「やってもみないで、無理と決めつけるのは早過ぎるよ。東陽、君はまず諦《あきら》めることから始めるのか？　俺はその逆だ。あらゆる可能性を試してみることから始める」

「じゃあ、ゲストルームから一歩も出さずにおくことだな。ゲストルームは一階の奥、バスルームとトイレがすぐ近くにあるから便利だろ」

東陽は黒丸を庇《かば》うようにして、その背中を優しく撫でる。けれどロバートには、あくまでも素っ気なかった。

「こんな素晴らしいリビングがあるのに、使うなだって？　あの螺旋階段、駆け上ったらどんなに気持ちいいだろう。三階は？　屋上にサンルームとかあるんじゃないか？」

「……屋上はあるが、黒丸の遊び場だ」

「だったら一緒に日光浴《にっこうよく》させてくれ。三階から飛び降りるほど、マトリックスは愚かじゃない。もしかして東陽、猫は愚かな生き物だと、決めてかかってないか？」

「少なくともアメリカ人よりは、愚かだろうと思ってるよ」

「……あっ……」

これは最初から、喧嘩《けんか》モードなのだろうか。一見して大人しそうだが、東陽は底意地《そこいじ》の悪い嫌なやつなのかもしれない。

ここで引き下がっては、今後の関係が上手《うま》くいかない。ロバートは立ち上がり、胸の前で腕を組んで東陽を睨《にら》み付けた。

「もしかして、俺に喧嘩売ってる？」

「いや、この事態に納得《なっとく》がいかないだけだ。私の平和な私生活が脅《おびや》かされることに、笑顔で対処出来るほど、人間が出来ていなくてね。すまない」

「……ふん、これじゃ恋人も出来ないわけだ。寛容《かんよう》という言葉を学んだほうがいい」

「そうだな。だが、恋人は出来ないんじゃない。いらないんだ」

東陽も負けず嫌いなのかもしれない。素直に謝ったと思ったら、すぐに反論《はんろん》してくるのがいい証拠《しょうこ》だ。

「へぇーっ、俺は恋人がいたほうが、人生は楽しいと思うけどね。ま、そういう俺も、忙しすぎて、ここんとこはマトリックスだけだ」

マトリックスは、悠然《ゆうぜん》と室内を歩き回っている。そして焦《こ》げ茶のソファの上に置かれた、ベージュのふわふわしたクッションを見つけて、早速飛び乗った。

すると黒丸が、抗議《こうぎ》の吠え声を上げる。ソファの上に乗っていいのは人間様だけで、ペットの分際《ぶんざい》で何を生意気《なまいき》なことしているんだと、教えているのだろう。

「ああ、分かった。俺も座ればいいんだろ」

ロバートもソファに座り、マトリックスの頭を膝《ひざ》に乗せて撫でる。すると黒丸は納得したのか鳴きやんだ。

「日中、留守番させるときは、ケージに入れてくれ」

東陽はソファに座ったマトリックスを見ながら、顔をしかめて言う。

「ゲストルームに爪痕《つめあと》でも付けたら、その時は修理するさ。猫から最低限の自由を奪うなんて、どうかしてる」

「そうか……なら、ペットシッターでも頼もう」

この男は、そんなに家が大事なのか。それはどこか人としておかしい。確かに綺麗な家だが、家なんてものはそこに住まう人間の歴史の証明だ。傷や汚れだって、思い出になる。

そう思ったロバートだが、とりあえず建設的な意見を口にした。

「それじゃ、会議も何もかも、ここでやればいい」

「えっ？」

「本社の会議室とカメラで繋《つな》いで、モニターで会議しよう。出掛ける必要のある時は、マトリックスを同伴する。それでいいだろ？」

「……ここで、仕事までする気なのか？」

「とりあえずコーヒーが飲みたいな。フレンチっぽい、濃いのは苦手だ。薄く淹れてよ。ブラックで飲むから」

ロバートは当然のように東陽に命じる。

いくら雇われている身でも、わざわざ呼ばれたのだ。卑屈《ひくつ》な態度に出ることだけは、何があっても嫌だった。

東陽はスーツ姿のままで、キッチンに入っていく。アイランド型のキッチンだったから、作業している様子は丸見えだった。

まずいなとロバートは焦《あせ》る。

スーツ姿でコーヒーを淹れる男が、こんなにセクシーだとは思わなかった。それとも東陽だからこそ、余計にそう見えるのだろうか。

東陽は先の細いコーヒードリップ用のポットで湯を沸《わ》かし、カップを温めて丁寧に一杯ずつ淹れるつもりのようだ。ドリップマシンに任せてしまうのが普通だったから、何だかとても新鮮に思えてしまう。

さっきまでぶすっとしていたのに、コーヒーを淹れるとなると、東陽の顔は真剣《しんけん》そのものになる。そのギャップがまたたまらなかった。

ロバートは落ち着きを無くす。スーツというのは、実にストイックだ。いかにも自分は仕事を生き甲斐にしていて、今はセックスのことなんて全く考えていないと、自己主張しているように見える。

けれどそんな男がネクタイを弛《ゆる》めた瞬間、欲望まみれの素顔が現れるのだ。

脳内《のうない》で勝手にロバートは、そんな東陽の姿を思い浮かべる。

彼はどんなふうに乱れるのだろうか。

結婚をしない、恋人もいらない、なんて言っているからといって、東陽がゲイだという確証はない。この世の中には、セックスに全く興味なんてない、聖職者《せいしょくしゃ》にでもなればいいと思うような男もいるからだ。

最近の日本では、そんな男達を草食系とか言うらしい。けれど東陽の場合は、仕事に対するエネルギーはあるし、そんなに柔《やわ》な印象を受けない。むしろ草食系と呼ぶより、ストイックな侍《さむらい》というほうが当たっていそうだった。

「どうぞ……コーヒー」

洒落たカップに入ったコーヒーを、東陽はテーブルの上に置いた。そして自分はまたキッチンに戻り、そこに置かれた脚の長いチェアに座って、コーヒーを飲んでいる。

そんな姿も決まっているのが、ロバートは少しむかついた。

色男なんて、山ほど見てきた。そうそう心を乱されることもなかったのに、いったいこれはどうしたことだろう。

マトリックス共々嫌われているだろうに、ロバートのほうが東陽が気になってしようがなくなっている。何度もむかついた相手だというのに、どうしてそうなってしまうのだろう。

「とりあえず荷物を片付けてくれ。今日は、これから本社に案内する。社長も会えるのを楽しみにしているみたいだし。夜は歓迎の食事会になるだろう。その間、猫は部屋に入れておいたほうがいい。慣れない場所で、猫だって緊張しているんだし」

東陽に言われて、ロバートは頷いた。

「あれっ、コーヒー、旨いな」

思わず正直な感想が飛び出した。自分の家で、母が淹れてくれるコーヒーよりおいしいかもしれない。口当たりはよく、酸味《さんみ》も苦みもほどほどだった。

「コーヒーくらい、きちんと淹れられなかったら、飲食店のトップにはなれない。それが私の持論《じろん》だ」

「違うだろ。東陽は、何でも完璧にやらずにいられないタイプなんだ。天才ではなく、努力してトップに立つ人間にはありがちだけどね」

「……今度は、そっちから喧嘩を売ってるのか」

「いや、悪い意味で言ったんじゃない」

こんな調子では、そう簡単にスーツを脱がせることは出来そうにない。ロバートはこの場の気まずさを誤魔化《ごまか》すために、黒丸に向かっておどけた様子で手を振った。

「この犬は、いつから飼ってるんだ？」

「三年前だ。我が家に犬が途切れたことはない。今は珍しく、実家に犬はいないが……。母が溺愛していたチワワが死んでから、しばらく飼うのは止めたらしい。黒丸はこの新居を建てた時に、知り合いのブリーダーから買った。そっちは？」

ペットの話になると、東陽の顔つきは柔和になる。ロバートは、成《な》る程《ほど》、犬と上手くやっていけたら、この男とも上手くいくんじゃないかと思った。

「三年前は同じだな。ハイウェイをふらふら歩いている、子猫だったマトリックスを拾ったんだ。元の飼い主を捜《さが》したけれど、見つからなかった。犬みたいに忠実《ちゅうじつ》で頭がいいから、こうしていつも行く先に連れ歩いている」

「家族に預けることはしないのか？」

「考えたこともない。いつも一緒にいるのが、当たり前のことになってるから」

家族なんてものは、クリスマスに会えばそれでいい。今はそんなふうにしているロバートからしてみたら、猫を預けるなんて発想はまるでなかった。

「黒丸、仲良くしよう。君が譲歩《じょうほ》してくれたら、俺達はここに住める。東陽が淹れてくれたコーヒーはおいしいし、彼は口調《くちょう》は辛辣《しんらつ》だが、きっといい人だ。犬に愛される人間が、冷たい筈はない。マトリックスに、一日中ケージに閉じこめられるような生活はさせたくないんだ」

黒丸は東陽の足下に横たわり、長い舌を出してへっへっといっている。それが返事かどうかは分からないが、もう吠え掛かることはしなくなったから、認められたと好意的に解《かい》釈《しゃく》すべきだろう。

すると今度はマトリックスがソファから飛び降り、黒丸に近付いていく。そして雄の癖に、誘うように黒丸の前をくねくねと歩き出した。

黒丸は困ったような顔になり、東陽を見上げていた。

ご主人様、誘われてますけどどうしましょうとでも、訴《うった》えているのだろう。

マトリックスはもう分かっているのだ。この黒い大きな犬の飼い主が、ロバートの新しい獲物《えもの》だと。そこでマトリックスなりに、狩りに協力してくれるつもりかもしれない。

「コーヒーは？　もう一杯飲みたいか？」

東陽の思いがけない優しさに、ロバートの顔は綻《ほころ》ぶ。

「ああ、東陽の淹れてくれたコーヒーだったら、何杯でも飲みたいよ」

そこでまた東陽は、もっともセクシーに見える、少し俯《うつむ》き加減になって、コーヒーを淹れる準備を始めた。

寝室まで押しかけていこうか。それともバスルームから出たところを襲うか。あるいは今のように、キッチンにいる時も狙い目かもしれない。

ストイックに生きているだろう分、一度欲望に目覚めたら、激しく求めてくるようになる筈だ。そんな場面を想像するだけで、ロバートの股間《こかん》は硬くなってしまう。

そういえば恋人と呼べるような相手がいなくなって、そろそろ二年になるなとロバートは気が付いた。最後の男は、マトリックスに嫉妬《しっと》して出て行ったのだ。

けれどロバートは分かっている。それは別れる口実《こうじつ》で、年中浮気していたから、どこまで本気か分からないロバートに、愛想を尽《つ》かしたというのが本音だろう。

目の前においしそうな肉があれば食いつく。しかも毎回同じ餌《えさ》ではすぐに飽《あ》きる。そんなところまで、ロバートは猫のような男だった。

「光陽、元気だったぁ」

ロバートは父と激しいハグをしていた。一々、やることが大げさなんだよと、東陽は顔をしかめる。

「ああ、ロバート。すっかりええ男になって。神流木さんも、こりゃ鼻が高いやろな。しかもええ仕事を、バリバリやってるゆうやないか」

父もすっかり相好《そうごう》を崩し、これではまるで本物の親子の再会シーンのようだった。

ロバートの言うとおりだ。ペットを可愛がる人間に、悪いやつはいないだろう。迷い猫を引き取って育てたくらいだから、きっといいやつなのだろうが、どうもロバートが癇《かん》に障《さわ》る。

東陽は元々、他人になんて興味を持つタイプじゃない。ロバートのことだって、普通にビジネスパートナーとして、受け入れる覚悟でいた。

なのにどうしたことか、突っかかるようなことをつい言ってしまうのだ。

自分でも、自分の愚かさがよく分かっていて、東陽は内心反省《はんせい》していたのだが、ロバートを見ているとむっとなってしまうのだ。

本社では重役が顔を揃え、これから緊急会議になる。社長の独断でファミレスの『ブルーバード』を傘下《さんか》に収めて二週間、残務《ざんむ》処理を終え、いよいよロバートを交えて改革のスタートとなった。

会議となっても、父は好きなことを言っているだけだ。まだ小商店の親父気質が抜けない。これだけ何店舗も構え、企業として大きくなってきているのに、いつまで経っても経営者として成長することがないのが、東陽にとって悩みの種だ。

部長クラスになると、意識は変わっているが、副社長も父と同じく古い気質で、やはり会議となると浮いてしまう。結果、すべてを仕切るのは東陽になってしまうのだ。

会議だというのに、ロバートは着替えることもしていない。シャワーは浴びたけれど、ジーンズはそのままで、シャツを変えただけだ。しかもシンプルなものではなく、思い切り派手な柄物だった。

「いかにもロスアンゼルスって雰囲気ですなぁ」

副社長はのんびりと、そんなことを言っている。東陽はそこで皆に着席を促した。

「えー、それでは紹介いたします。今回の『ブルーバード』のリニューアルにあたりまして、アメリカのロスアンゼルスを中心に、幅広く店舗のリニューアルを行っている企画会社、『カンナギアートオフィス』より、ご尽力《じんりょく》いただきます、神流木・ロバート氏です。氏のプロフィールは、手元の資料に記載されておりますから、ご覧になってください」

父はほとんど見ていない。見なくても分かっているというところだろう。確かに、素晴らしい仕事をしてきたことは認める。アメリカのファミレスとも言えるダイナーレストランのチェーン店を、見事に生き返らせた実績は、今回のリニューアルの参考になるだろう。

「では、神流木さん」

東陽はロバートに挨拶するよう促した。するとロバートは立ち上がり、壇上《だんじょう》の大統領のようににこやかに微笑んだ。

「どうも、初めまして。神流木・ロバート・美星です。ロバートと呼んでください。『ブルーバード』の資料は見させていただきました。とてもファイトが湧きましたよ。これはもう、本当なら一度全部潰して、建て直したほうがいいんじゃないかと」

皆は苦笑している。誰もが一度は、同じ意見を口にしたからだ。

「だが改善方法はいくらでもあります。ソフト、ハード両面でね。けれどここはアメリカと違う。日本式でいかないとならないので、そのためには皆さんの意見がとても大切になります。どんどん意見を言いあいましょう。笑えるジョークでもいいんです。その中に、とんでもないヒントがありますから」

何とも爽やかな挨拶だ。皆もリラックスしているように見える。東陽にはこれが出来ない。つい堅苦しい雰囲気を創り出してしまうのだ。

「なぁ、早速で悪いんやが、ロバートはどうしたらええと思う？　何をしたらええかな」

これでは会議の意味がない。父はいきなり結論を求めてしまうのだ。

「外装、内装のリニューアルは当然でしょう。値段はそれほど変えずに、メニューの見直しをしましょう。それとこのドリンクバーは廃止《はいし》。飲み放題はいいけれど、すべてスタッフに運ばせます」

「あかんわ。人件費がなぁ」

「基本の時給は安くして、テーブルチップ制にすればいいんです。日本人はチップの観念《かんねん》がないから、店が支給することになりますが。売り上げでチップが変わるから、スタッフの働き方が違ってきますよ。たとえばこんなふうに」

そこでロバートは席を立ち、皆から見えるような場所へ移動した。そしてくねくねと腰を動かし、裏返った声でオーダーを取る女性スタッフを演じ始めた。

「いらっしゃいませぇ。本日は、アボカド添えハンバーグがお薦《すす》めです。はい、畏まりました。ドリンクサービス、おつけしますか？　はい、畏まりました。お客様、デザートはいかがですか？　ただいまストロベリーパイが、皆様に大変好評いただいておりますが。はい、テイクアウトも承《うけたまわ》っております。お持ち帰りですね。ありがとうございます」

何だか会議の場が、いきなりバラエティ番組の収録会場になってしまったかのようだ。くすくすと笑いが起こるのは、ロバートの演技力があり過ぎるせいだった。

「実際は、そんなに調子よく注文してくれませんが、普通のハンバーグより高いもの、メタボを気にする客には無用なデザートでも、売り上げの一部が直接自分のものになるなら、スタッフは売ろうと努力します」

「ほう、それはそうやな」

妙なところで父は感心しているが、日本でその方式はなかなか定着《ていちゃく》しにくい。パートやアルバイトに、担当するテーブルに責任を持たせるというのがとても難しいからだ。

「もちろん現場では、マニュアルどおりにはいかないことのほうが多いでしょうが、それはやっていくうちに克服《こくふく》するしかありません。一番大切なのは、スタッフをやる気にさせること、働きがいを感じさせることですよ」

そんなことは分かっている。分かっていても、上手くはいかないのが現状だ。

「自分のテーブルの売り上げが、給与に影響するとなったら、一つのテーブルにいつまでもいられたら迷惑です。回転率をあげるための努力をするようになるでしょ。そして無駄な深夜営業は、特別の店舗以外には止めることです」

何だ、当たり前のことしか言わない。東陽は内心がっかりしていた。その程度のことだったら、自分達でも提案出来る。もっと違う、斬新《ざんしん》な意見を聞きたい。そう思った東陽だが、自分が思っていた以上にロバートに期待していたことに気が付いた。

この男なら、何かとんでもないことをしてくれるのではないかと思っていたのだ。

「ま、一つ、一つ、やっていきましょう。リニューアルにあたっての、店舗の改装イメージをいくつか提案します。カジュアルでありながら、高級感を打ち出す。本来の目的、この店では食事をするのだということを、重点的に考えていくべきです」

それなりに準備はしてきたわけだ。それぐらいしてくれないと、東陽としても納得出来ない。

「それと、ここではっきりさせておきましょう。新しいことを始めたくて、私を呼んだのだと思います。皆さんも既成の概念《がいねん》は捨ててください。日本ではこうだから、そう言われてしまったら、先に進めませんから」

それをここでまた言うのか。それは言わなくてもいいことだろうと、東陽はまたもやむっとした。

けれど皆は、そのことで腹を立てたりはしないらしい。うんうんと頷いてみせたりしているのが、東陽としては不満だった。

そのまま会議は続く。ファミレスの問題点である、客のモラルが低下していることから始まった。だがロバートに言わせれば、問題ある客を呼び込むような店がいけないとなる。リニューアルを機会に、そういった迷惑客が、自然と淘汰《とうた》されていく方向をロバートは示した。

「何か、本格的な会議をやってる気がしますね」

若い部長の口から思わず出た感想に、東陽はまたもやむっとする。それじゃあ、これまでいったい何をしていたんだと、言ってやりたい気分になっていた。

歓迎会とかの名目《めいもく》で、父はロバートを飲みに連れ回す。どこに行ってもロバートは注目され、愛想よく振る舞っていた。

東陽は運転するから、酒はいっさい飲まない。まだ飲みたがる父を制して、最後は東陽が無理やりロバートを車に押し込み、帰宅を促した。

「光陽パパはいい人だ。ハートが熱い。彼の息子なのに、東陽はどうしてそんなにクールなんだ？」

酔ってぐずぐずになったロバートに、東陽は冷たい声で告げる。

「家で待ってる猫のことを考えないのか？　環境が変わって、ただでさえ不安なのに、一時間でも早く帰ってやろうとは思わないのか？」

苛立った猫が、壁にひっかき傷でも付けたらと思うと、東陽は気が気ではなかったのだ。

酒が入ると、父は止まらなくなってしまう。ロバートがマトリックスのことを思い出して、帰ると言いだしてくれるだろうかと期待していたのに、いつまで待ってもロバートは帰る気配がない。そうなると強制的に連れ帰るしかない。

「そうか……東陽は、人間にはクールなのに、犬や猫には優しいんだな。だったら、俺、猫になろうかな。ニャーン、東陽パパ、ニャーン、撫で撫でしてぇー」

ロバートの体が倒れてきて、運転中の東陽の肩にもたれ掛かってくる。すると東陽は邪《じゃ》険《けん》に、ロバートの顔をぐいっと押し戻した。

「あいたっ！　痛いだろが」

「おまえなんかと事故死したくない」

「猫は犬よりデリケートなんだ。どんなことしても、犬みたいに尻尾をふると思ったら甘いね。気に入らなければ引っ掻く」

そこでロバートは、東陽の手に爪をかける。けれど綺麗に切ってある爪では、たいした傷もつけられない。

「酔うと最悪だな、おまえ」

東陽は酔っぱらいが嫌いだ。酒は品《ひん》よく飲むべきだと、常に思っている。酒を飲むと大騒ぎをしたがる父を見てきたから、余計にそう思うのかもしれない。

「それ以上暴れるようなら、ここで下ろす。私はおまえの飼い主じゃない。ただ預かってるだけだ。猫なで声で機嫌を取るなんて、絶対にしないからな」

「ああ、ああ、分かったよ。命令するのは得意なんだろ。ゴー、ステイ、シット、はいはい、命令に従えばいいいんだろ」

ぐだぐだのロバートは、そのまま窓に寄りかかってうとうとし始めた。これで少しは静かになったと思ったら、突然東陽を見て訊いてくる。

「恋人に対しても、そんな調子なのか？」

「……さあな。そうなんじゃないか。そんなものがいたこともないんで分からない」

「何で恋人を作らないんだ。ゲイなのか？」

「よく、間違われる。いい年した男が、女に興味ないとそう思われるのかな」

「ゲイじゃないんだ？」

酔ったロバートと、そんな話はしたくなかった。下半身の問題なんて、東陽にはどうでもいいことだ。性欲に苦しめられるくらいなら、難問のパズルに挑戦したり、フルマラソンの距離でも走ったほうがいい。

性欲に支配されて、自分の生活のペースを乱されるほうが、東陽にとっては大問題だ。フリルの付いたクッションを持ち込んだり、たいしておいしくもない、料理学校で教えられたとおりの料理を作るような女と暮らすくらいなら、犬とだけ暮らしているほうがずっと幸せだった。

「返事がないね。ゲイの可能性は否定してないってことだな」

「そうじゃない。女が駄目だから、男って発想がそもそも私にはない。どっちでも同じことだ。私の生活を邪魔していいのは、犬だけだ」

「……東陽、それは寂《さび》しいことだぞ」

ロバートはじっと東陽を見つめ、ひどく真面目《まじめ》な口調で言った。

「自分のことしか見ていなかったら、人間に成長はない。今日だって、タクシーで帰れば、自分だって飲めた筈だ。なのにみんなと飲まないのは、酔って解放された自分の姿を見られるのが、嫌なだけだ」

確かにそうなので、東陽はまたもや返事をしなかった。

大学時代も、酔った連中の面倒ばかり見ていた。そのせいで、飲み会で酔った経験はほとんどない。わざとなのか、しつこく送ってくれとせがむ女子もいたが、そういった場合はちゃんと玄関までは送り届けた。その後に何かあったということは一度もない。

たいして親しくもない相手に、酔ったみっともない姿なんて見せたくはなかった。もっとも東陽は酒が強いらしく、自宅で飲んでいても、ほとんど泥酔《でいすい》したことはない。

「東陽、やりたい相手って、どんなタイプだ?」

「……さぁな」

「まさか、一度もやったことないとか? そりゃないよな」

二十代の頃は、華やかな女性遍歴《へんれき》もあった。黙っていても、女のほうから寄ってくる。けれどセックスしたからといって、その後が続かない。東陽には結婚する気が全くないからだ。普通に友達としてそのまま付き合ったりはするが、それも自然に途切れていった。

話題の草食系男子とかに自分は近いのかとも思ったが、そうでもないと最近では思っている。競争社会は苦手と思っていても、実際に自分の会社に入ってしまうと、それなりに働いてしまうからだ。

それより人間関係の煩《わずら》わしさが、嫌いなだけだと思えてきた。他人の愚痴《ぐち》になんて付き合いたくはないし、相談なんてされたら真っ青だ。どうして自分が、人の生きる道を決めないといけないのかが分からない。

恋愛となったら、まさに煩わしさの集大成《しゅうたいせい》だろう。毎日のように特定の相手と話さないといけないのだ。時には愚痴を聞き、相談相手にもなって、なおかつ優しくしてやって、サービスたっぷりのセックスまでしないといけないとなったら、面倒でたまらない。

こんなことを父に言っても、決して理解できないだろう。若い頃の父は、女と見ればすぐにその尻を触らずにはいられないほど好色《こうしょく》で、年中夫婦喧嘩は絶えないし、今ならセクハラ訴訟《そしょう》もののことを会社でもやっていた。

人の揉《も》め事にまで自ら進んで口を出し、ついでに金も出してしまうところは今でも変わらない。かと思えば強欲なところもあって、ファミレスを引き受けたのも利益が出ると内心では思っているからだ。

ああいうがつがつした生き方は、東陽には理解しがたい。みっともないと思えてしまう。もう少しスタイリッシュに生きられないのかと、つい批判的に見てしまうのだ。

ぼんやり考え事をしているうちに、家に着いてしまった。屋上にある黒丸のケージから、ワンワンと出迎えの声が聞こえる。夜も更《ふ》けているので、無駄に吠えさせる前に家に入り、黒丸を安心させてあげたい。

ガレージに車を入れる瞬間、東陽は一番ほっとする。自分の家に帰ったということは、自分の世界に帰ったということだ。もう誰も、東陽の世界に踏み込んでは来ない筈なのだが、サイドシートではロバートが正体もなく眠っていた。

「着いたぞ。起きろ」

声を掛けたくらいでは起きないらしい。しょうがないので、ロバートの体を揺すった。

それでも起きない。

「起きろよ。その重たい体を、私に運べって言うのか？」

どうやら運べということらしい。ロバートの体はぴくりとも動かなかった。

「……猫が待ってるだろ。ニャーン、ナーオーッ」

猫の鳴き声まで出して、東陽は必死でロバートを揺する。

それでも起きない。

「そうか、そんなに酒に弱かったのか。もう少し、強いと思ったのにな」

それとも父が飲ませていた焼酎《しょうちゅう》が、思いの外《ほか》効いてしまったのだろうか。アメリカではあまり焼酎など飲まないだろうから、慣れていないのかもしれないと東陽は思って、覚悟を決めて先に車を下りた。

「まいったな。痩せてるように見えて、結構、がっしりしてるじゃないか」

車のドアを開き、ロバートの体を引きずり出した。そして肩に背負《せお》うと、そのまま家まで担いでいった。

生体認証式《せいたいにんしょうしき》の鍵を開く。すると玄関には、マトリックスが両足を揃えた優雅な姿で、二人を出迎えた。

「えっ？　まさか、部屋のドアを閉めなかったのか？」

最悪だ。どんなに利口な猫でも、誰もいない家の中で自由に歩き回っていたら、マーキングはし放題、爪研ぎもやり放題だっただろう。

「わざとドアを閉めなかったな」

ロバートの体を、玄関に叩きつけたい。むらむらと怒りが沸いてきたが、ロバートはそこですると東陽の肩から降りると、何事もなかったかのようにマトリックスに手を伸ばして抱き上げた。

「帰ったよ、マトリックス。いい子にしてたか」

その姿からは、酔った様子は微塵《みじん》も感じられなかった。

「なっ……何なんだ。ロス式のジョークじゃないよな？」

「東陽、思ったより力あるな。男らしいじゃないか」

にこにこと笑ってロバートは、靴のまま家に入ろうとしたが、ここが日本だということを思い出したらしく、慌てて靴を脱いだ。けれど揃えておくなんて良識《りょうしき》は、当然、欠片も持ち合わせていないから、靴は玄関に転がっているだけだ。

「マトリックス、黒丸を呼びに行こう。同じ家にいるのに、一緒に遊ばせないってのはないよな。お互いに退屈《たいくつ》しないで済むのに」

ロバートの靴を思わず揃えてしまった東陽は、怒りのやり場を見失ってしまった。いったい何から怒っていいのか、もはや分からない。騙《だま》されたことを怒りたいが、まず猫を放したことも許せない。

「ロバート！」

けれど東陽が声を荒げて呼んだ頃には、もうロバートは勝手に階段を駆け上がって、屋上に向かってしまった。

「最悪だ……」

さっさとこの家から出て行けと言いたいが、果たしてそこまで怒るようなことだろうか。怒ったら怒ったで、東陽が大人げないとなってしまいそうだ。

黒丸が尻尾を振りながら駆け寄ってくる。その姿を見た瞬間、東陽は癒されていくのを感じた。猫が一日中邸内をうろつき回っていて、きっとかなり苛ついていただろう。けれどそんな不満を、黒丸は決して態度では示さない。

そんな健気《けなげ》さが、東陽には可愛くてたまらなかった。

「黒丸、いい子だな。すぐに着替えるから、夜の散歩に行こう」

本当は家の点検をしたいが、そんなことをしたら余計に苛立ちそうだ。とりあえずスーツを脱いで散歩に出れば、これ以上苛々しないで済む。

着替えのために部屋に入った。ところがそこで、また東陽はふるふると怒りで震えずにはいられなくなった。

ベッドの上に、ロバートとマトリックスが仲良く寝転がっている。

「そこで何してるんだ？」

「寝室にシャワールームあるんだね。気が利くじゃないか」

「下のゲストルームの横に、バスタブ付きのちゃんとしたバスルームがあるだろ。風呂に入りたかったら、そっちを使ってくれ」

「東陽はいつもどっちを使うんだ？　日本人はお湯に浸《つ》かるのが好きだから、きっと下のバスルームだよな。なのにわざわざベッドルームにシャワーブースを作ったってことは、ここでそういうことをする可能性があると考えたんだ？」

ロバートとマトリックスは、東陽のキングサイズのベッドで、同じように体を伸ばしている。酔ったロバートは、まさに猫そのものだった。

「ゲストルームに帰れ。ここは私の寝室だ」

「あっちのベッド、小さすぎる。俺、東陽と同じくらい身長あるんだけど」

「足が僅かに出るくらいだろっ。ホテルで使用しているベッドと、そんなに大きさは変わらない筈だ」

「うそーっ。何か小人《こびと》の家で寝てる白雪姫の気分だなぁ」

つまりゆったりとしたこのベッドで、眠りたいというのだろうか。

一日のうち、もっとも寛《くつろ》げる睡眠の時間すら、ロバートは奪おうとしている。

文句《もんく》を言おうとした東陽は、黒丸がうるうるとした目で、じっと見つめていることに気が付いた。

ご主人様、お散歩ですが。ほら、スーツ脱いで、お着替えになって、シューズを履《は》いてお散歩ですよ。いつもより、予定三時間オーバーしてます。私、待ってたんですけどと、黒丸が全身で訴えている。

「そうだな、黒丸。散歩に行こう……」

東陽は荒々しくパウダールームに入った。壁にはバスローブ、リラックスウェア、パジャマが整然《せいぜん》と並べて吊《つる》されている。リラックスウェアを手に取った東陽は、スーツを脱ぎ始めた。

今夜の会食は、焼き肉ではなかった。焼き肉だったら即行、脱いだスーツはクリーニング行きだ。だが今日はそれほど汚れていないので、軽く消臭スプレーを振りかけて休ませることにする。

まず、上着を脱ぎ、ハンガーに掛ける。そしてパンツのほうを脱ぎ始めたら、東陽は視線を感じて入り口に目を向けた。

「ふーん、ネイビーのボクサーブリーフか。コットンのトランクス愛用《あいよう》か、ボクサーブリーフでも白だと思ってたんだけどな」

「……さっさとゲストルームに戻れよ」

「それともスーツがネイビーブルーだったから、ブリーフもネイビーなのかな。ここまで何もかも拘ってたら、当然、アンダーウェアも拘ってるだろ？　クロゼットの中、見てもいい？」

「男のブリーフ見て、楽しいか？」

友人を何人かこの家に招いたが、下着を見せろなんて言ったやつは一人もいない。ロバートは本当にクロゼットの扉を開こうとしている。

「おい、プライバシーの侵害《しんがい》だ。それともロバート、盗癖《とうへき》があるのか？　だったらただちに追い出すんだが」

「トウヘキ？」

会議でもべらべらと日本語で話しまくっていたロバートが、この言葉の意味を知らない筈はない。わざと惚《とぼ》けているなと、東陽はむっとする。

「盗みをするかって言ってるんだ」

「ああ、それはないよ。はっきり言って、東陽より稼いでる。俺はプロデュースした店で、売り上げからパーセンテージでギャランティを貰う契約にしてるから」

「人の下着に興味を持つなんて、それは立派に変態《へんたい》だ」

「そう?　アンダーウェアの趣味で、性格が分かるんだ」

もう東陽の性格なんて、分かりそうなものだろう。そんなことはただの言い訳だと思ったとき、やっと東陽は気が付いた。

「ロバート、ゲイなのか?」

「……ん……正確にはバイだけど、限りなくゲイに近いバイだな」

「……さっさと私の寝室から出て行ってくれ。私にその趣味はない」

何かおかしいと感じていたことが、これですべて納得がいった。東陽は自分がそういった目で見られていたことに、迂闊《うかつ》にも気付かなかったが、ロバートはたっぷりと楽しんでいたことだろう。

しかも今もその楽しみは継続中だ。東陽は下だけはリラックスウェアのジャージを穿いたが、上はまだ裸のままだったからだ。

「いい体してるね。しっかり鍛《きた》えてる。東陽は好みのタイプだよ。俺は痩せてる男と、グラマーな女は駄目なんだ。男も女もマッチョがいい」

Tシャツを着ると、東陽は急いでパーカーを羽織《はお》る。これ以上、ストリップのサービスをする気はなかった。

「おかしな期待は持たないほうがいい。仕事のために呼ばれたことを、忘れないでくれ」

「ああ、分かってる。完璧な仕事をしてみせるから安心しろ。それより黒丸が待ってるぞ。早く、散歩に連れてってやれよ」

「ん……」

東陽が出掛けたら、ロバートは早速クロゼットの点検をするのだろう。盗癖はなさそうだが、下着を見られるのかと思うと落ち着かない。

「ブリーフフェチなのか?」

つい心配になって聞いてしまったら、ロバートは大笑いしていた。

「そんなに見られるのが嫌なのか?　レディ用のショーツやタンガが出てきても、驚かないから安心しろ」

「そんなものはないっ。女装趣味はないから」

ついに東陽は覚悟を決めて、黒丸を伴って部屋を出た。

精神衛生上、これ以上ロバートの相手を、本気になってするべきではないと悟ったのだ。

東陽はいい趣味をしていると、ロバートは思った。時計は今日していたロレックスの他に、タグホイヤー、ブルガリ、セイコーのいい物を持っている。タイピンとカフスはカルティエとダンヒルがあったが、これはどうも貰い物くさい。東陽が自ら選んだとは思えなかった。

「どうせ、大学の卒業祝いとかで貰ったんだろ」

続けてロバートは、ずらっと吊された東陽のスーツを見る。

「ひぇーっ、何てまぁ、オーソドックスなんだ。ん……知らないブランドだな。GINZA？　ああ、ご贔屓《ひいき》のテーラーがあるってことか」

きっと父の光陽が、一緒に作らせているのだろう。とても仕立てのいいスーツだ。東陽が一日スーツ姿でいても、乱れた様子がどこにもなかったのは、この上質なスーツのせいだったのかと、ロバートは納得する。

クロゼットを覗《のぞ》き見するなんて、何てモラルのないやつだと思われるだろうが、ロバートにしてみれば、クロゼットほど相手の内面を雄弁《ゆうべん》に語る場所はないと思っているのだ。

何もかもをクロゼットに押し込んでいるようなやつは、自分の問題もそんなふうに押し込めて、あえて見ないふりを決め込む。恋愛していても、一貫性《いっかんせい》がない。

時々、クロゼットでドレスを発見することもある。女装癖、だからといって、肉体的に男と寝るのが好きとは限らない。屈折《くっせつ》していて、扱《あつか》いにくい相手だ。

思い出の品が山ほど収められているような相手とは、そこでまず逃げ出す。ロバートとの思い出が、この山の中に加わるのかと思うとぞっとするからだ。

東陽のクロゼットは、上昇志向の強いエグゼクティブらしいものだ。

値段、ブランドには拘らないが、一流趣味。良い物を長く使いたいのだ。だから自然とセンスは、若いのにオーソドックスとなる。

「プライベートのカジュアルは、ほとんどGAPか。まぁ、日本人なのにあれだけ背が高いとな。着られる物を探すのが難しいだろう」

男性の平均身長百七十センチの日本では、東陽はいろいろと苦労しているのだろう。けれど苦労している割には、プライベートのウェアも統一感があってセンスがいい。全体的に渋《しぶ》めな色合いが多いが、落ち着いた大人の普段着といった感じで好ましかった。

「マトリックス、どうする？　ますます好みのタイプなんだけど。見ろよ、この靴下、丁寧に揃えて、色別に分けてあるぞ」

ロバートがクロゼットの中の整理棚を開き、下段にある靴下を示したら、マトリックスは中を覗き込んでクンクンしていた。

「いい匂《にお》いだ。洗剤にも拘ってるな。だけどちょっと物足りない。体臭が僅かに残ってるくらいが、セクシーだろ。何もかも綺麗に洗いすぎる。ベッドだって匂わない。神経質過ぎる男は、アナルを使わせてくれないからな」

あまりにも綺麗好きだと、ちょっと困る。コンドームを使用するからと何度言っても、徹底的に中まで洗わないと気が済まなかったりするからだ。

ベッドで待っている間に、思わず眠ってしまうようなことでは困るのだ。東陽の場合、その可能性は高そうだ。

「アンダーウェアは……おお、見ろ、マトリックス。ブリーフがやはり色分けしてある。お洒落だな。黒から白まであるのは、パンツを穿いた時に、ブリーフが透《す》けて見えることのないようにとの気配りだ。完璧だな、こりゃ」

そこまで分析するロバートも、かなりしつこいと言うべきだろうか。だが店をプロデュースするからには、働くスタッフの人間性もある程度知る必要がある。どんなに素晴らしい店を作っても、そこで働くスタッフの質が悪ければ、簡単に店の評価などは下がってしまうのだ。

そんなことばかりしてきたせいで、人間観察の目は厳《きび》しい。

「隙がないな。何をやらせても完璧じゃないか」

クロゼットを元通りにしながら、ロバートはため息を吐く。

外見が好み程度ならまだよかった。こうも完璧だと、男として自分の立場が微妙に思えてしまうのだ。やはりのし掛かる以上は、自分が優位《ゆうい》でありたいと思ってしまう。

東陽を苛つかせるのは面白い。寝たふりをしていたら、猫の鳴き真似まで大サービスしてくれた。ロバートの前では、いつもカリカリとしているが、あれは犬が威嚇の為に吠えているのと同じだ。慣れてしまえば、ロバートにとってはどうということもない。

「さて、そろそろ帰ってくるかな」

そこでロバートは、わざと東陽の寝室のシャワーブースに入り、体を洗い始めた。

東陽が女好きで、全くその気がないようならこんなことはしない。どこかはっきりしないあの態度は、いくらでもこっちの世界に転びそうなあやふやさがあったからだ。

中途半端な男だったら、堕とす自信はある。

東陽のような頭のいい男は、ただ欲望でセックスしない。頭でセックスするのだ。だからいろいろと理屈《りくつ》をつけて、みっともないことは回避《かいひ》したがる。据《す》え膳《ぜん》は食うが、自ら狩りに行くような真似はしないのだ。

あの体で性欲がない筈がない。恋人もいないのなら、かなり溜まっているだろうが、そんなことを知られるのは絶対に嫌な筈だ。

だから無理に襲われて、そうなってしまったという形を取ればいい。一度でも後ろの快感を味わったら、ああいうタイプはあっさりとはまる。気が付いたら、自分からロバートを求めてくるようになるのだ。

ロバートは浮き浮きした気分でシャワーを終えると、全裸のままで東陽のベッドに忍び込む。するとマトリックスが、待っていたとばかりにその横に身を投げ出した。

ほどなくして東陽が、黒丸の散歩から戻ってきた。時間が短い分、運動量を増やすために走ってきたのか、東陽も黒丸も荒い息をしている。

「しつこいな。その気はないと何度も言ってるだろ」

東陽は羽毛布団を一気に引き剥《は》がす。そこに全裸のロバートを見て息を呑《の》むのかと思っていたら、ロバートはいきなり尻をぴしゃっと叩かれた。

「酔ってるとはいえ、悪ふざけが過ぎる。さっさと自分のベッドに戻れっ！」

「それはないだろう。心配しなくていいよ。いきなり痛い思いなんてさせないから。優しく、気持ちよくしてあげる」

ロバートは素早く東陽の手を掴み、力ずくでベッドに引き摺《ず》り倒す。さすがに東陽もバランスを崩し、よろっとロバートの上に倒れかかってきた。

「怖がらなくていい。楽しむだけだ。スポーツと同じだよ。東陽はただ、じっとしていればいいんだ。みんな俺《から》がやってあげるから」

東陽の首に腕を絡め、どんどん自分の体に引き寄せる。完璧とも思える東陽の体から、微《かす》かに走った後の汗《あせ》の匂いがして、余計にロバートは興奮してきた。

生きている人間の証《あかし》だ。元々体臭は薄いほうだろうが、これくらいの微かな匂いだとむしろ爽やかなくらいだ。

「東陽は自分の価値を知らなすぎる。こんなに魅力的なのに……禅僧《ぜんそう》みたいな生き方をするなんてもったいないよ」

そのまま東陽の顔をぐっと自分の顔に近づけ、ロバートはそこで一気にキスをした。

今回の仕事でボスとなった光陽の息子で、仕事のパートナーだけれど、それとこれとは別だ。大人の男だ、プライベートでどんなことをしようが、仕事に影響するとは思えない。

熱烈に舌を絡めてキスをする。なのに今ひとつ、東陽のノリはよくない。どこか醒《さ》めている。そこでロバートは、柔らかなジャージのパンツの上から、やわやわと東陽のものを手で揉んでみた。

するとこれは効いたのか、多少、東陽のものの硬度《こうど》が増してきたような気がする。思っていたより東陽のものはしっかりとした大きさがあって、ロバートは内心狼狽《うろた》えた。

最初だから、口でたっぷりと可愛がってあげようと思ったが、この大きさではかなり苦労することになりそうだ。

「ねぇ……キスもしたことないなんて言わないだろ。もっと……楽しもうよ」

もう一度キスを最初からスタートさせる。そうしているうちに、隙を見て体の位置を変え、東陽を体の下にして、ジャージのパンツを脱がせようと企《たくら》んだ。

ところがどうも上手くいかない。東陽の体は岩のように、びくとも動かないのだ。ロバートの上にのし掛かるようにしていて、これでは東陽が上からロバートの上に跨《また》るような格好になってしまう。

「いきなり、その体勢じゃ無理だ。気持ちよくしてあげるから」

それとなく体で示したが、東陽は決して自分の位置を変えようとはしなかった。

「どうした？　気持ちよくしてくれるんだろ。手が止まってるぞ」

嘲笑《あざわら》うような口調で言われて、ロバートはたじろぐ。

どうも調子が狂う。困惑した東陽の様子を期待していたのに、こうも堂々としているとは予想外だ。それとも誘われてその気になってしまったことが恥ずかしくて、虚勢《きょせい》を張っているのだろうか。

それならそれで可愛いところがあるが、東陽は恥ずかしげにする様子もなく、ロバートをじっと睨み付けている。

「ロス流のビジネスってのは、男も女も関係なく、ビジネスパートナーと寝ることなのか？」

「ビジネスは関係ない。俺は好みの相手と、まずは体から仲良くなりたいってだけさ」

「もし寝るのを拒否したら、ビジネスにも影響するとか？」

そんなことはしないが、そう言ってしまったら、東陽がそれを口実に逃げ出しそうだ。

すでにこの状況に興奮してしまったロバートは、ここで終わらせてしまいたくなくて、あえて返事を誤魔化した。

「そんなにやりたいもんなのかな……」

「ああ、やりたい……うっとりするほど東陽は素敵《すてき》だ。せめて一時間、俺のために時間をくれてもいいじゃないか。絶対に後悔はさせない。十分に楽しませてあげるから」

だからこの体勢をどうにかしてくれと、ロバートはそれとなく態度で示した。けれど東陽は、ロバートを押さえ込むようにして上に乗ったまま、ジャージのパンツを下ろして自分のものをいきなり取りだした。

「それじゃどうにかしろよ」

「この体勢でか？　頼むよ、降りてくれ」

「手は自由だろ」

「……」

この体勢のまま手でこすったりしたら、顔面にもろ飛沫《ひまつ》を浴びることになりそうだ。東陽はそうした変わった形での満足感を得たいのだろうか。

プライドが高く、頭のいい男の中には、セックスでも主導権を握りたがり、自分の思ったことをさせたがるやつがいる。東陽もそのタイプで、いきなりリクエストが顔射《がんしゃ》かよと、ロバートは内心不満だ。

お互いに関係が進んで、いろいろなプレイを楽しみたくなってきたら、どんなことでも付き合うが、大切な初回でいきなり東陽が何もかも仕切るのは気に入らない。

何とか体勢を入れ替えようともつれ合ううちに、ふと東陽の体が動いた。その隙にと上体を持ち上げたロバートだったが、またもや巧《たく》みに動かれ、今度は俯《うつぶ》せに押さえ込まれてしまった。

どうしてこんなにも簡単に、すべての動きを封じられてしまうのだろう。もしかしたら武道《ぶどう》の達人《たつじん》なのかと、ロバートは慌てる。

レスリングや柔道《じゅうどう》の試合じゃないのだ。こんな押さえ込みは反則《はんそく》だと言おうと思ったが、いや、これは正しい体勢だと気付いた。

ただし、東陽がロバートを犯《おか》すという条件ならばだが。

「と、東陽、柔道とかやってる？」

「ああ、柔道、空手、合気道《あいきどう》、剣道《けんどう》、すべて有段《ゆうだん》、黒帯だ。ついでに華道《かどう》と茶道《さどう》、香道《こうどう》に書道《しょどう》、道と付くものが大好きでね」

「ははは、笑って欲しいか？　笑ってやったぞ」

「ジョークじゃない。中学生の頃から、確実にキャリアを積んでいる。有段って響《ひび》きが好きなんだ」

「なぁ、もしかして……」

入り口に、東陽のものの先端がぶち当たっているのが感じられた。東陽はそれとなくつんつんと突《つつ》きながら、突き入れる頃合いを見計《みはか》らっているかのようだ。

「もしかしてさ、俺に、入れようとしてる？」

「して欲しいんだろ。さかりのついた猫丸出しで誘っておいて、今さら、何を言ってる」

「待ってくれ。俺は……そっちは専門じゃない。アナルセックスは、されたいほうじゃない、したいほうなんだ」

「はっ？　それがどうしたっていうんだ」

ロバートの脳内で、辺《あた》りの風景が一気に白黒逆転していた。

恋愛面でもクールで、無関心を装っているだけだと勝手に決めつけていたが、東陽はそんなタイプではなかったようだ。

「む、無理だろう。そんなものをいきなりぶち込むやつがいるかっ？　俺がどれだけのダメージを受けるか、想像してみろよ」

「何、勝手なこと言ってるんだ。それをしようとしてたのは、そっちだろ。私が受けるダメージについて考えたか？　ん？」

違う、そうじゃない。何でこんなに易々《やすやす》と、後ろを見せてしまったのかと、ロバートは今さらのように後悔した。まさか東陽が、こんな反撃《はんげき》に出るとは想像もしていなかったのだ。

「ま、待て。口でしてあげるよ。俺は上手いんだ」

このままではまずい。経験もないのに、東陽はいきなりロバートにぶち込むつもりだ。それとも経験がないというのは嘘で、東陽はバリバリのキングだったのだろうか。

東陽は入り口に先端をめり込ませようとしている。いくら何でもそれはあまりにも強引だと、ロバートは体を揺すって抵抗しようとしたが、身動《みうご》きできないほどしっかりと押さえ込まれてしまった。

「無理だ。無理、無理、無理」

「そんな無理をさせる気だったんだろ？　いいじゃないか。たまには逆も経験してみろよ」

東陽はスムーズに入らないのに焦《じ》れたのか、唾液《だえき》を自分のものになすりつけている。経験値が低いだろうと侮《あなど》っていたが、とんでもない。こんな場面でも東陽は、憎らしいほど冷静だった。

ロバートの興奮は、とっくに収まっていた。代わって襲ってきたのは、たまらない恐怖感だ。

これまではどんなに求められても、一度としてバックを許したことはない。相手が気持ちよさそうにしているのを見ているのだけが楽しくて、自分がやってみたいと思ったことは一度もなかったのだ。

「い、嫌だっ」

痛いとかいった生理的な問題じゃない。東陽にすっかりリードされ、キングの地位を奪われたことがたまらない屈辱《くつじょく》だ。ロバートは抜け出そうと足掻《あが》いたが、次の瞬間、その部分が大きく開かれ、東陽のものの先端が押し入ってきたのを感じた。

「あ、あああ、な、何だ。失礼なやつだな。前戯《ぜんぎ》もなしか？　気分を盛り上げるための、愛してるの一言もなく、いきなり突っ込むのか？　これじゃレイプだっ」

「先にロバートが、私の生活をレイプしただろ。それに対する報復《ほうふく》だ」

「そ、そんなの言い訳だっ」

本当だったらロバートが、ここで東陽に囁《ささや》いている筈だった。

ほら、もっと力を抜いて。リラックスすれば痛くないんだから。なっ、入っただろう。慣れるとどんどんよくなってきて、突っ込まれる度に快感が走るようになるんだよ、と。

なのに現実は、ロバートが自分に同じことを言わねばならなくなっていた。

「い、痛くない。こ、こんなものは、気持ちいいだけだ。あっ、い、いたく……ないってば。力を抜いて、リラックスだ。すぐに気持ちよく……は……ならないな」

「もう少し色っぽい声でも出すのかと思ったら、色気がないな」

「うっ、ううっ」

東陽は巧みに腰を蠢《うごめ》かし、奥へ、奥へとものを進めてくる。さすがにロバートも、ここまで来ると覚悟を決めた。

「うう、い、痛いばかりだ。もっと気持ちよくさせろよ」

「ほう、経験豊富なロバートが言うとおかしいな？　どうやったら気持ちよくなれるのか、自分が一番よく知ってる筈だろ？」

憎らしいほどの余裕を見せて、東陽は耳元で囁く。

今、東陽がどんな感触を味わっているのか、ロバートには楽に想像が出来た。

少しきつい感触の中押し入っていくと、柔らかな肉襞に包まれて何ともしれない快感を味わえる。すっぽりと呑み込ませたら、そこから自在《じざい》に出し入れして、思うさま快感を貪《むさぼ》るのだ。

「あっ、ああ、知ってるさ……」

なのに今のロバートは、入り口の引き攣《つ》れるような痛みに、ひたすら耐えているばかりだ。人には与えられる快感が、どうして自分にはもたらされないのかとの苛立ちが、余計に快感を遠ざけてしまっている。

「うっ」

東陽は行為に慣れてきたのか、ますます巧みに腰を動かし始める。

「どうした？　あんなにしたがってたのに、大人しいじゃないか。もっと喜んだらどうだ？」

「……こんなことが……したかったんじゃない」

ロバートは悔しげに、枕を握りしめる。この体勢でいきなり快感を手に入れるというのは、思ったよりも難しいということが、これでよく分かった。

なのにロバートが相手をした男達は、進んで抱かれたがったではないか。おかしなことに、そこでロバートは優越感に浸る。

「お、俺のほうが上手いのに……」

「んっ……私が……下手《へた》だって？」

「ああ、下手だ。ちっとも気持ちよくない」

「そうか、ま、ないと思うが、次があったら頑張るさ」

それでも東陽はロバートの腰を持ち上げて、より深く挿入《そうにゅう》する努力を始めた。

するとロバートの体の奥にも、もやもやとした感じが生まれてくる。

「んっ……んんっ？」

それはそれで困ることになりそうだ。こんなところでの快感なんてものを知ってしまったら、次の機会が訪《おとず》れた時に、期待してしまうかもしれないではないか。

自分の立ち位置は、こっちじゃない。そう思っていたのに、簡単に快感に溺れるなんて、長年キングだったプライドが今にも崩れていきそうだ。

ロバートは感じないように努力するつもりが、逆に腰が上がっているのをいいことに、自分で自分を慰《なぐさ》め始めた。

するとと快感が先端に集中し、どうにか気が紛《まぎ》れる。

「んっ、んんっ、んっ……」

「そうか。自分でしたいほど、我慢出来なかったのか。可哀想にな」

「あ、ああ、あんまり東陽が下手だから、自分ですることにした。そっちのほうが、ずっと気持ちがいいからな」

東陽はきっと笑っているだろう。笑われたところでもう構わない。ロバートは一度頭も下半身もすっきりさせて、再戦するしかないと決めていた。

「うっ、んっ……な、何で、いつまでも、乗っかってるんだよ」

そろそろいきたくなってきている。なのに東陽の体が、いつまでもロバートの上にあってどこうとしない。東陽はこんなに激しく興奮していながら、まだいく気にならないのだろうか。

「な、なぁ、どうしたんだ？」

「……ん……んん」

「さっさと降りろよっ」

「いい具合になってきてるぞ。ここで終わりなんてもったいない」

そこで東陽は自分のものを引き抜き、あっという間にロバートの体勢を変えてしまった。

さすがに東陽の顔を見ながらやるのは、ロバートとしても気まずい。また俯せになろうとしたら、東陽はそれを許さなかった。

「あっ！」

「安心しろ。コンタクトを外したから、あまりはっきり見えてない。ロバートの泣き顔なんて見たくはないからな、外しておいて助かった」

そんな言葉を、単純に信じるわけにはいかなかった。

相手によっては、乱れた姿をわざと見せつけることもある。けれど東陽にそんなことを仕掛けたら、いいように優越感を味わわれそうで嫌だった。

「自分でするより、してもらったほうがいいだろ」

東陽の手が、ロバートの性器をやんわりと握りしめる。相手に握られたら最高のシチュエーションと喜ぶところだが、素直になれないロバートはわざと顔を背けた。

「セックス出来れば、相手は誰でもいいのか？　もう少し、自分を大切にしろ」

「……こんなときに、よく言うな」

そういう東陽だって、再びロバートの中に挿入を開始し、快楽を味わっているではないか。拒むことだって出来たのに、しないのは東陽も同罪《どうざい》だと思った。

「んっ……んんっ」

そろそろ限界だ。最近、こんなことをしていなかったのがいけない。溜まりに溜まったものが、出口を求めて体内から流れ出ようとしている。

東陽も同じ筈なのに、意地にでもなっているのか、なかなかいこうとはしない。

「こ、こんなものは、勝ち負けじゃないんだから……」

まさか本気で勝負しているつもりなのかと、ロバートは焦る。

「スポーツと同じだって、言ってただろ。スポーツなら、勝敗があって当然だ」

「か、勝ったからって、どうなんだ」

「負けるのは……嫌いってだけさ」

東陽の息もかなり乱れてきている。快感に追われているのは事実だろう。なのに素直でないのはロバートと同じで、必死になっていきたいのを耐えているのだ。

ロバートは思いきり入り口を締め付けて、東陽のものを喜ばせてみたかったが、何しろ経験がない。さっさと相手をいかせてしまうテクニックなんて、今、まさに東陽が駆使《くし》しているテクニックと、同じものしか知らないのだ。

「うっ、うう」

「ロバートこそ、意地にならずにいったらどうだ。もう限界なんだろ？」

「そ、そんなことは、ない……」

けれど東陽の手に握られたものは、蜜《みつ》を溢《あふ》れさせてぬるぬるになっていた。そのぬめりに助けられて、東陽の手の動きはますます激しくなっていく。

「あ、ああっ」

　ついに限界が訪れた。もう勝ち負けなんてどうでもいい。ロバートは思いきりよく、派手に飛沫を飛び散らせていた。

「シーツを汚したな……」

「んっ……んん……」

　いったのにまだ挿入されている部分がじんじんして、おかしな感覚は続いている。このままではまた興奮しそうで、ロバートはこれまでに感じたことのなかった、新たな快感に怯えた。

　けれど東陽ももう限界だったのだろう。それでどうにか救われた。しばらく沈黙が続いたと思ったら、東陽の体は一瞬動きを止めた。

「……ああ……思ってたより、悪くはなかったな」

　東陽は自分のものを抜き取ると、そのまますぐに着ているものを脱ぎ捨て、シャワールームに入っていく。

　事後の睦言《むつごと》とか、抱き合ってのキスとかの、優しい時間は一切ない。本当にスポーツの後のように、東陽はロバートの体の上から去ってしまったのだ。

　これではますます面白くない。やり逃げされたようで、ロバートは終わった後の余韻《よいん》に浸ることも出来ずに、ただ腹立たしいばかりだった。

「もう一度、シャワーを浴びるか？」

シャワーを終えた東陽は、澄《す》ました顔で聞いてくる。

「ああ、そうだな。コンドームも使わずに、しっかり中出ししやがって」

「妊娠したら責任は取るよ」

「あっ、そう。認知してくれるんだ。そりゃ嬉しいね」

ロバートはむかつく気分を鎮《しず》めるためにも、再度シャワールームに飛び込んだ。

いきなり愛していると言われるのも困るが、せめてもう少し、気持ちの籠《こ》もった言葉を聞きたい。なのにあんな言葉しか、東陽は言ってくれないのだ。

シャワールームで、ごしごしと体を洗った。本当なら、一度と言わず、二度、三度とやれる筈だったのに、思うように出来ずこれで終わりだ。

当然、東陽はロバートを部屋から追い出し、あの狭いゲストルームのベッドで寝ろと言うのだろう。悔しいことに東陽のベッドは最高級品で、寝心地が素晴らしい。

「犬を寝かせても、俺を寝かせる気はないんだろ」

まだ濡れたままの体をバスタオルで拭《ぬぐ》いながら、ロバートは部屋に戻った。するときちんとパジャマを着た東陽は、せっせとシーツを取り替えている。

「黒丸は身分を分かっている犬だから、ベッドによじ登ってふざけたりはしても、寝るときはちゃんと床で寝る。躾のされてない猫とは違うんでね」

「……そうか、そういうことか。分かったよ。楽しい夜だった。いい夢を」

ロバートは出て行こうとしたが、マトリックスは早速綺麗なシーツの上に飛び乗って、体を伸ばしている。

「マトリックス、おいで。バックバージンを奪われた相手なのに、俺はどうやら徹底的に嫌われているらしい」

あまり人に嫌われるということのないロバートにしてみれば、それだけでもショックは大きかったのだ。

すごすご部屋を出て行こうとしたら、東陽の大きなため息が聞こえた。

「そんなにここで寝たかったら、寝かせてやる。ただし濡れた髪を乾《かわ》かし、ちゃんとパジャマを着ろ。猫が粗相なんてしたら、ベッドごと弁償《べんしょう》して貰う。俺がゲストルームで寝るから、それで文句はないだろ」

「別にいいよ。そのベッドで寝たかったんじゃない。俺は……東陽と寝たかっただけだ」

言ってしまったら、何もかもがはっきりしてきた。

どんなに嫌われていると分かっていても、ロバートは東陽に惹かれたのだ。

なぜ、こんな男がいいのだろう。冷たいばかりの男に思えるのに、惹かれてしまうのは、やはりロバートとしても勝てない相手だと思ったからだろうか。

今まで、こんなに敗北感を味わわされる相手に出会ったことがない。いつでもロバートのほうが優位で、何もかも進めてきた。それがこんなにも簡単に負けてしまったのは、東陽にそれだけのパワーがあるからだ。

もっと東陽のことを知りたいのに、これでは近付くことも出来ない。セックスは親密になるための近道だが、それすらロバートは失敗してしまったのだ。

こんな男のどこがいい。ロスアンゼルスに戻れば、もっと上級の男がいるさと、ロバートは自らを慰めながら、マトリックスと共にゲストルームに戻った。

時差《じさ》があるから、眠りを調節するのは難しい。ロバートは睡眠導入剤の力を借りて何とか眠ったが、悪夢の連続ですっかり疲れ切ってしまった。どうやらベッドが狭いので、マトリックスが胸の上で寝ていたせいらしい。

目覚めたけれど、ベッドから出る気になれなくて、いつまでもぐずぐずしていたら、ドアをノックされた。

「いつまで寝てるんだ。朝食だ」

「んっ……」

今朝はとても東陽の顔を見たい気分じゃない。出会ったばかりで特攻《とっこう》したが、それが裏目に出てしまった。バックバージンまで奪われたのに、恋の勝利者にはなれなかったのだ。

ロバート一人が勝手に舞い上がり、一瞬で玉砕《ぎょくさい》してしまったのだから始末が悪い。

素っ裸で寝ていたロバートは、そういえば昨夜、東陽の部屋で服を脱いだのに、そのままにしてきたことを思い出す。

ずらっと並んだバッグの中から、とりあえずコットンのパンツとシャツを取りだした。さすがに連日《れんじつ》ジーンズで、仕事の場に出るのはまずいと思ったからだ。

「マトリックス、ぐっすり眠れたか？　今日は実店舗を見にいかないといけない。車で移動になるけど、それより留守番のほうがいいかな？」

優しく語りかけながらマトリックスを抱き上げると、ロバートはゲストルームを出てリビングに向かう。するとベーコンの焼ける、いい匂いがしてきた。

憎らしいことに、東陽はコーヒーを淹れるのが上手い。きっとそれだけでなく、料理の腕もいいのだろう。

ダイニングテーブルには、すでに朝食のセットがされていた。ペーパーのランチョンマットには、ナイフとフォークとスプーンが並べられ、野菜ジュースとオレンジジュースのボトル、それにミルクのパックが置かれていた。

さらにケージで囲われた中には、マトリックスの食事もちゃんと用意されている。ドライフードとウェットフード、どちらもあってロバートは驚いた。

「どうしてこういう気配りが、犬や猫には出来るのに、人間に対しては冷たいかな？」

「冷たいか？　ちゃんと好みのものが食べられるように、気配りしているだろう？」

すでに東陽は着替えていて、スーツの上着を脱いだ姿にエプロンをして、皿に盛ったベーコンエッグとトーストを運んでくるところだった。

「スーツにエプロン……か」

そういう姿は、実はロバートにとってもっともツボなのだ。どうやらロバートは、スーツで調理する男の姿に、ときめきを覚えてしまうらしい。

「あんなことしたのに、平然としてるんだな」

マトリックスをケージの中に入れて、食事をさせた。黒丸は自分のフードボールに、すでに食事の用意がしてあるのに、まだ食べる許可を与えて貰えず、涎《よだれ》をだらだら垂《た》らして待っている。東陽はエプロンを外し、コーヒーのサーバーを手にしてダイニングテーブルに着いた。

「よしっ」

短く号令を掛けると、黒丸は勢いよく食べ始める。

「俺にもそうやって命令したら？」

「何をいじけてるんだ。自分好みのスタンスが取れなかったくらいで、ガキみたいにすねてるんじゃない。スポーツの試合で、負けたことをいつまでもくよくよ悩んでいるようなアスリートは、大物になれない。それと同じだろ。それじゃ、いただきます」

東陽は、優雅にフォークでベーコンエッグを切り分けて口に運ぶ。ロバートも同じように食べ始めたが、アメリカの一流のホテルで朝食を食べているような気持ちになっていた。ベーコンの焼き加減が最高だ。フライドエッグも絶妙《ぜつみょう》で、焦げた部分などどこにもない。程よく流れ出る黄身《きみ》の加減といい、まさにロバートのツボだった。

これが本当の恋人との朝食だったら、ロバートはどれだけ幸せになれただろう。

「そんなにのんびりしていている時間はないんだ。このまま現状維持で営業していては、赤字が増えるばかりだ。すぐにリニューアルに着手して、赤字から黒字に転換しないと、本社へも響く。社長は目先の金額しか見ないから、このままではどうなるかの危機感がない」

「いったい、何時に起きたんだ？」

いきなり東陽にそんな話をされても、まだロバートの頭は仕事モードになっていなかった。東陽はとっくに起きだして、洗濯と掃除をし、黒丸を朝の散歩に連れ出したのだろう。そして朝のシャワーを浴びて、着替えて朝食の支度《したく》をしたのだ。

「私はあまり睡眠は必要としないタイプだ。ロバートは時差ボケか？」

「ん……狭いベッドで寝たからかな。首が痛い。悪夢ばかり見た」

「だったらホテルに移動しろ。ここにいても、ロバートの望むような奇跡は起きない。私は窮屈《きゅうくつ》な思いをして、誰かと寝ることなんて出来ないんだ。ロバートは、愛され、甘やかされるのが普通になってるんだろうが、悪いが私に甘えても無駄だ」

だったらビジネスの話もキャンセルだと言うほど、ロバートも愚かな男ではなかった。さっさと頭を切り換えて、このクールな色男のことなど無視してしまえばいい。宿泊先はホテルでもアパートメントでもいいから、ここを出ていけばいいだけだ。多少の不自由はあるだろうが、そんなことは仕事ではよくあることなので、どうということはない。

なのにロバートは、ここを出て行きたくないのだ。

そんな自分にうんざりしているのは、ロバート本人だった。

「いいよ、ゲストルームで。ベッドから足が出るのはしょうがない」

「分かってくれて嬉しいよ。慣れない焼酎なんて飲まされて、胃の調子がよくないんじゃないか？　野菜ジュースかオレンジジュースを飲んだほうがいい。水だったら、浄水器《じょうすいき》を使っているから、不純物《ふじゅんぶつ》のないおいしいものが、冷蔵庫に冷やしてある」

「気を使ってくれてありがとう」

あくまでも東陽は、群れのリーダーでいたいらしい。犬を飼う男らしいなと、ロバートは納得した。

「そうか……」

ロバートは思わず呟く。

何もかも自分の思うように仕切ろうとする東陽に腹が立っていたが、逆に甘えきってしまったらどうだろう。

ロバートは自分が主導権を握ろうとしたから、失敗したんだと悟った。

「何だ？」

「いや、ちょっとしたアイデアを思いついただけさ。設計図を書けるような場所は、確保されてたよね？」

「知り合いの設計事務所に、特別席が用意されてる。ほとんどのものは揃っている筈だ。優秀なスタッフがいるから、的確に指示を出してくれれば、かなりのことは代行《だいこう》してくれる。工事の手筈は整ってるから、出来るだけ早く仕上げて欲しい」

普通は何ヶ月もかかる仕事を、東陽は短期間で仕上げようとしている。けれどすべての店舗が完全にリニューアルするまで、やはり時間はかかるだろう。

その間には、東陽との関係にも何か変化が訪れるかもしれない。ロバートはそれに期待していた。

「ベーコンエッグも上手だ。これなら東陽がもっとも得意とする料理は、どれだけおいしいんだろう」

ロバートは思いきって、甘えた口調で言ってみた。

「味覚なんて主観的なものだ。一流シェフが作った鳩《はと》のローストより、ほとんどの日本人は焼き鳥のほうがうまいと思うだろ」

東陽はマグカップにコーヒーを注ぎながら、さらにさりげなく言った。

「昨夜はすまなかった。体……辛くないか？」

ロバートを見ずに、さらりと言う。きっと東陽は照れているのだ。

「慣れないことしたから、多少は辛いよ。だけど、気にするな。あれは、スタートだよ。だったらそんなに悪くない」

本当は大問題だらけだが、ここでは素直にそう言っておく。

急ぎすぎてはいけない。このまま上手く続けていければ、いつか逆転のチャンスはあるとロバートは思っていた。

「細かいことに拘らない、そういう性格だと助かる。昨日はついかっとなって、自分を見失ってしまった。私なりに反省したが、気にしないと言われてほっとした。感謝する」

今度はまともにロバートの目を見て、東陽は言った。

やはりどうしても、簡単に切り捨てられない。こんなふうに真面目に自分のしたことを、きちんと謝る律儀さも気に入った。これまで付き合っていた、どこかいい加減な男達と、東陽は違っている。

「設計事務所には、猫を連れて行けるように手配してある。所長は動物好きだ。歓迎されるだろう」

ちらっと東陽はマトリックスを見て言った。マトリックスは食事に満足したのか、丁寧に体を舐めて毛繕《けづくろ》いをしていた。

「毛が抜ける長毛種《ちょうもうしゅ》でなくてよかった。粘着《ねんちゃく》シートを持って、一日中、掃除していなくて済むからな」

そんな嫌みにも、ロバートはもうめげなかった。むしろにっこりと笑って、穏やかに言った。

「掃除なら、いつでも手伝うよ。それくらいしか出来ないんだけど……」

「今朝のロバートは殊勝《しゅしょう》だな……」

東陽はふっと眉を寄せる。どうやら疑《うたが》っているようだ。

「皿洗いもしようか？」

「食器洗浄機に入れるだけだ。そんなことはやらなくていい。それより……一番ここが大切なことだが、プライベートでの感情を持ち込まずに、出来るだけ仕事でのモチベーションを落とさないようにしてくれ」

「ああ、それなら心配はいらない。仕事とプライベートは分けてるから」

「もし、あっちの設計事務所に好みの男がいても、頼むからちょっかい出すようなことはしないでくれ。トラブルは避《さ》けたいからな」

「俺以外の男に興味なんて持つなって、言ってくれたほうが嬉しいんだけど」

まずそんな言葉は、期待するだけ無駄だった。ところが東陽は、あっさりとロバートの期待を裏切った。

「そうだな。私以外の男に、そういうことは仕掛けないでくれ。トラブルになるくらいなら、私が相手する」

「……してくれるんだ？」

「しないといられないんだろ？　そういう人間もいるってことを、忘れてたな」

相手をしてくれるのは嬉しいが、そう宣言《せんげん》されてもなお、ロバートは納得出来ない。何かまたもやもやした感情が頭をもたげていた。

単純に立ち位置の問題ではないのだ。

東陽があくまでも恋愛感情を否定しているようなところが、ロバートには納得いかないことなのだ。

「せいぜい期待を裏切らないように、いい子にして頑張るよ」

「ああ、そうしてくれ。で、何か食べたいものはあるか？　夜は社長が食事の招待《しょうたい》をしてくれるだろうが、毎回付き合っていたら、いずれ社長と同じ体型になるぞ。メタボになりたくなかったら、週のうち、せめて四日は私の作ったものを食べるといい」

「あ、ああ、ありがとう」

冷たいのかと思えば、こんなふうに底抜けに親切にもしてくれる。

謎だ。

東陽という人間が、ますます謎めいてきて、ロバートは心底困っていた。

自分らしくないことをしてしまったと、東陽は深く反省していた。

何だってロバートの挑発《ちょうはつ》に乗って、抱いてしまったのだろう。

殴り合いになったところで、楽に勝てる相手だ。遠ざけることなど簡単に出来た筈なのに、東陽はあろうことか全裸のロバートを組み敷《し》いているうちに、ムラムラとしてしまったのだ。

いつもはそんな気持ちが兆《きざ》しても、上手く誤魔化すことなんて簡単に出来た。なのに昨夜に限って、理性よりも本能が勝ってしまったのだ。

生意気なロバートを従わせるには、のし掛かるしかないと思ってしまったのかもしれない。猿山のボス猿みたいに単純な思考だ。そのことで東陽は、かなり落ち込んだ。そのせいか朝から、ついロバートのご機嫌取りのようなことをしてしまったのが、またもや落ち込む原因になっている。

なぜ、あの男とは普通に付き合えないのだろう。

ロバートが異常にセックス好きなのは分かった。出会ったその夜に、いきなり裸で迫ってくるなんて、東陽の常識では考えられない。だが世の中には、セックス依存症《いぞんしょう》なんて病もあるらしいから、あるいはロバートもその類《たぐい》なのかもしれない。

だったら、あまり傷つけないようにして、対処すればいいだけなのに、昨夜の東陽は優しさや思いやりに全く欠けていた。元々、人に優しくするのは苦手だ。犬のようにストレートに気持ちを汲《く》み取ってくれない、人間の相手は難しいが、それにしてもあの行動は反省すべきだ。

今日はまず『ブルーバード』の実店舗に案内した。入って座席に座った途端に、ロバートは頷き、正直な感想を口にした。

「世界基準からすれば、十分に清潔でレストランとしての機能を果たしている。だけど日本の基準としては難しいな。日本人はとても綺麗好きだから、家だけでなく外でも綺麗なところを好む。このままじゃ確かに難しいね」

「世界基準か……」

「東陽、気が付かないか？　この店の立地条件もあるだろうが、客の何割かは外国人だよ。彼らにしてみれば、ここは快適なレストランだ。うるさく干渉《かんしょう》されないし、ドリンクは飲み放題。携帯電話で話していても、誰にも文句を言われない」

東陽はそこでため息を吐く。

食事中心のファストフードは、客の管理も簡単だ。食事が済めば、客は自然と出て行く。けれどファミレスというのは、ただ食事をするだけの場所でなくなっているのが問題だった。

「だけどこの雰囲気だと、一番大切な料理にお金を使ってくれる層が居着かない。一番いい方法は、きちんとエリアを分けることだ。全天候型のウッドデッキを外に設《もう》けて、ペットを同伴出来るようにして、喫煙席《きつえんせき》をその近くに設置する」

ロバートは素早くメモ書きして、東陽に見せる。

「奥の禁煙席《きんえんせき》は、少し高級感を持たせる。基本、食事をしない人間は案内しない。お茶を飲むだけだったら、入り口に近い席を利用させる。携帯電話を使用出来る席を、外に設けるのも手だね」

プライベートと仕事を分けろと言ったが、ありがたいことにロバートのほうがきちんと分けてくれている。仕事に入った途端、おかしなことは言わなくなった。

そうなるとかえって東陽は、昨夜のことを思い出してしまうのだ。

このいかにも仕事の出来そうな男を、ベッドで組み敷いてしまった。しかもどうやらロバートは、本気で東陽に惹かれ始めているらしい。

恋愛感情があってそうなったなら、東陽にもそれなりの覚悟は必要だ。けれど東陽にとって、男とそんな関係になったのは初めてで、正直、昨夜のことはまさに奇跡としか思えない。

いったい自分に何が起こったのか、今でも信じられない気持ちだ。

「東陽、どうかした？」

「え、いや、そんなに区分けしてしまったら、ランチタイムや土日の混雑時《こんざつじ》に、空席があっても上手く案内出来ないんじゃないか？」

「仕切り、パーテーションを可動性《かどうせい》にするんだ。そうすれば、店内をすべて一体化出来る。ただしそうするなら、店内はすべて禁煙。ウッドデッキスペースだけが、喫煙出来るようにすればいい」

「そうなるとペット連れの禁煙希望者が困るな」

「そこまでの細分化《さいぶんか》は無理だ」

　そんなことは分かっている。けれどロバートのことを、ぼんやりと考えていたことを知られたくなくて、ついそんなことを口走ってしまったのだ。

「ソファ型の席も無くそう。ここは遊園地じゃない」

　座席の上で跳ねている子供を、注意することもない母親を睨みながら、ロバートは呟く。

「たとえ子供でも、靴を履いたままっていうのはどうなんだ？　自分の家では、靴を脱ぐだろうに」

　ロバートの怒りはもっともだ。なのに注意するスタッフもいない。

「真新しい座席になれば、利用する客のほうも意識するようになる。汚れていると、多少汚してもいいような心理になるのが人間だ」

　ロバートのその意見には賛成だった。まさに負のスパイラルだ。汚れていれば、汚すことも気にならない。そうなると汚い店は、どんどん汚くなっていく。

「資料に、近隣住民の情報があるのはさすがだ。子供が多い地域では、それなりに対応しないといけない」

　さらに英語で何か手早くロバートはメモしていく。東陽の位置からは、長い睫《まつげ》が伏せられたように見える。眉と目が近い感じなのは、欧米人の血を引くからだろう。

　顔立ちは欧米人よりでも、肌の綺麗さなどは日本人的だ。もっと汚い肌なのかと思っていたら、意外に滑らかだったことを思い出し、またもや東陽はロバートから視線を外した。

「東陽、あまり和食っぽいものは苦手だ。刺身はそんなに好きじゃない。料亭とかの凝《こ》った料理も、見た目はいいけれど、俺にはあの旨さが分からない。多分、味蕾《みらい》は日本人と違うと思う」

　突然ロバートは、関係ないことを口にする。けれど怒る気にはならなかった。

「今の日本人は、どんどん味蕾が少なくなってるらしいな。ロバート、メニューを見ても分かるだろ？　君が旨いと思うようなものが、今は受けるんだろう」

「そうだね。『ぎゅうぎゅう亭』のすき焼きご飯の味は好きだ。あの甘辛さは、欧米人でも受け入れられる。照り焼きハンバーグも好きだよ」

「そうか……私としても、会社の利点を生かして、メニューは牛肉中心でいこうと思っている」

「メニューの話じゃないよ。プライベートの話だ。すまない、仕事中にプライベートを持ち込むのは禁止だったね」

分かっていたのに、わざと東陽は曲解《きょっかい》したようなふりをする。けれどすでに脳内では、そんなロバートに何を食べさせようかと考えていた。

「お父さんは、和食を食べたがったりしないのか？」

「しないよ。ずっとアメリカで暮らしてたから、パパはほとんどアメリカ人だ」

「なのにロバートは、日本語が上手いな」

「初めて、まともに付き合ったのが日本人の商社マンだったからさ。いつか、一緒に日本でビジネスをなんて、真面目に考えてた」

東陽はそこで、どうしてロバートが自分にここまで執着するのか、謎が解《と》けたような気がした。初恋の相手の身代わりなのだろう。けれど誰かの代わりというのは、東陽としては不本意だ。

「何で別れたんだ？」

「中東に仕事で出掛けて、テロに巻き込まれた。爆死だよ」

「えっ」

ロバートはメモしていた紙から顔を上げて、じっと東陽を見つめる。そして寂しげに笑った。

「もう十年以上前の話さ。今なら、彼を好きになったかどうか分からない。セックスを覚えたら、その後にまともに恋愛なんてしてみたいと思う時期ってあるじゃないか。ちょうどそんな頃だったんだろう」

「日本人が好きなのか……」

プライベートは禁止とか言いながら、東陽がそのルールを自ら破ってしまっている。けれどどうしても気になってしまったのだ。

「別に人種に拘りはない、人間性だよ」

では、その人間性で、東陽は選ばれたのだろうか。

そこのところを訊きたいが、なかなか素直に訊くのは難しい。

「残念だったな。上手くいったかもしれないのに」

「どうかな。そんな悲劇的な別れだったから、いい思い出になっただけかもしれない。でも彼は優しかったよ。アメリカじゃ、男はタフじゃないと認められない。あんな兎《うさぎ》みたいな男は、普通はバカにされるんだ。だけど……彼は静かで、優しいだけで、タフなことに代わりはなかったな」

ロバートが懐《なつ》かしそうに昔の男の話をすると、東陽はなぜか不愉快《ふゆかい》だった。まさか嫉妬しているのだろうか。そんなことはない。あってはならないことだと、東陽は苛立つ。

「何でこんな話をしてるんだろう。けれどいい傾向だね。東陽が初めて俺に興味を示してくれたんだから」

ロバートはにこっと笑って、東陽を見つめる。

笑顔の美しい男だ。そして自分の見せ方を知っている。だがここで簡単に心を許したりしてはいけない。すり寄ってきたからといって、懐いたと思って安心してはいけないのだ。次の瞬間、すっと爪を出すのが猫なのだから。

「時間は掛かるけど、全店舗を見たい。まずはこの店舗のリニューアルを急ぐけど、店舗ごとにデザイン変えていく必要がありそうだ」

そこでロバートは立ち上がり、店長を呼んで店内の撮影に入る。デジカメを手にして、店長にいろいろと質問しながら動き回る姿を、東陽はぼんやりと見つめていた。

新しい本部の視察とあって、コーヒーも淹れたてのものが出された。同じコーヒーでも、煮詰まったものとは明らかに味が違う。

東陽は濃いめで酸味の強いコーヒーが好きだが、わざわざロバートに合わせて薄めのコーヒーを家では淹れている。そこまでする必要などないだろうに、してしまうのはもう東陽の性格だ。それを相手に対する、好意と捉《とら》えられてもしょうがない。

ロバートの心を掴んでしまったのが、最初のコーヒーだったような気がする。特別なことをしたつもりはないと、今さら言ってもおかしな話だ。

よくよく考えれば、東陽の中にもロバートに気に入られたいという気持ちが、潜在的《せんざいてき》にあったのかもしれない。それがコーヒーという形で現れたのだ。

見ているつもりはなかったのに、気がついたら東陽の視線はロバートを追っている。それに気がついたのか、ロバートも時折東陽を振り返っては、口元に微かな笑みを浮かべる。相思相愛《そうしそうあい》みたいに思われるから、そんなことするなと思うのに、どうにも止めることが出来なかった。

設計事務所でロバートは、マトリックス共々一躍《いちやく》人気者になってしまった。今夜は設計事務所の新しい仲間達と食事をするという。そこで東陽は先に家に帰り、黒丸の散歩を終えて、自分のための夕食の準備にかかった。

一緒にくればいいのにと、ロバートから誘われた。なのに東陽は、そういった場に出ていくのはあまり得意ではないのを理由に、一人でいることを選んだ。

その気になれば、いくらでも社交的に振る舞うことは出来る。けれど今はそんな気分ではなかった。

家は静かだ。ロバートがいないだけで、こんなにも違う。たった一日だったのに。もう何年もこんな静けさを味わっていなかったような気がする。

「さて、何を作ろうか？」

こうして食事を作っている間に、新メニューのイメージが湧いてくることもある。商品となると、素材を厳選《げんせん》することは出来ないが、それでも東陽が考案《こうあん》したものは、居酒屋でも人気が高い。

もしかしたら自分は、料理人になりたかったのかもしれないと、東陽は包丁を手にしながら思う。なのに妙なプライドが邪魔して、料理人達と肩を並べて修行《しゅぎょう》することを拒んでしまった。

会社がどんどん大きくなっていくのを見ているうちに、料理をするよりも経営に携わらないといけないんだと、自覚してしまったからだろう。

料理はすべて独学だ。店で料理人達のしていることを盗み見て覚えた。けれど父も母も、東陽がかなりの腕を持っていることを知らない。知ったところで、その腕を生かして自分の店でも持てとは言わないだろう。

だから趣味のままでいい。ただし食べてくれる人が、ほとんどいないのは残念だった。

「豚肉の西京《さいきょう》漬けを作ってあったな。卵の黄身の味噌漬けもいい具合だろ。白ワイン、いや、ここは冷酒《れいしゅ》かな」

ネギの白い部分を焼き、乾燥ワカメを戻した。さらにキュウリを細切りにして、添え物の準備をしていたら、インターフォンが鳴った。こんな時間に誰だろう。そう思ってモニターを確認したら、何とロバートだった。

「しまった。生体認証の登録をしてなかったな」

それにしてもあまりに帰りが早い。東陽は戸惑いながら、玄関のロックを外した。

「何だ？　みんなと飲んでくるんじゃなかったのか？」

「んっ、そのつもりだったけど今夜はやめた。東陽がいないし。また別の日にする」

ロバートは、マトリックスの入ったケージを開く。するとマトリックスはひらりと優雅に飛び出し、真っ直ぐに黒丸に駆け寄りその身をすり寄せる。黒丸もそれを怒ることなく、尻尾を振って出迎えた。

「何してた？　ああ、いい匂いだ。間に合ってよかった。今から食事だろ？」

「……」

おまえの分は用意していない。そう言えばいいのだろうが、東陽はもう一品、何か作ろうかと考えていた。

あまり和食っぽいものは好きじゃない。そんな言葉を思い出し、思わず訊いてしまった。

「苦手な野菜はあるか？」

「ん、ないけど、納豆は駄目だ。健康にいいって言われても、あれだけはパス」

ロバートはリビングにそのまま入り、マトリックスと黒丸相手に遊び始める。まずは手を洗い、着替えをしてなんてルールはないらしい。

気に入らないのは、黒丸がたった一日でロバートに懐いてしまったことだ。元々、人好きな犬ではあったが、こうも楽しげにされるとやはりむかつく。

「設計事務所はどうだった？　向こうは、ロバートのことを気に入ってくれたみたいだが」

そんな嫉妬を抱くのが恥ずかしくて、つい関係ないことを訊いてしまう。

「ああ、みんないい人だったよ。動物好きが多くてね。楽しい職場だったし、最新式の機器が揃っていて、仕事がやりやすかった。プライベートと仕事をきっちり分けたいなら、明日見せるけど、プランを幾つか作成した」

「そうか……それじゃ後で見せてもらうかな」

「仕事は持ち込まない主義じゃないのか？」

「そんなこと言ってる余裕がない」

余裕はいつもなくて、追われるように毎日仕事をしているが、今回のはまた特別だ。各店舗のスタッフの生活まで、父はしっかり保証しろと言うからだ。そのためには、リニューアルのために休める期間も限定されていた。

「みんな東陽のことを褒めてたよ」

「取引先だから、とりあえず褒めてたんだろ」

「そうじゃない。東陽が経営に参加するようになって、店のセンスがよくなったし、料理の味もよくなったってさ」

「そうか？」

事実、そうだろう。父が一人で経営していた頃の店は、どの店もどうしようもなくださかったのだ。あの時代はそれでも客が来たが、今の時代、そう簡単にはいかない。

ロバートは黒丸のお気に入りのおもちゃを、遠くに投げてやっている。するとそれを追って、黒丸とマトリックスが同時に走っていた。

マトリックスはおもちゃを咥《くわ》えたりはしない。ただ追うだけが面白いのだ。黒丸はマトリックスに奪われまいと必死になって走る。そしてしっかり口に咥えると、いそいそとロバートの元に戻っていく。

きっと黒丸としては、いい遊び相手が出来たと思っているのだろう。

東陽は冷凍庫からエビとイカを取りだし、水に浸して戻し始める。そうしながら、自分が妙に浮き浮きしていることに気が付いた。

ロバートがすぐに戻ってきたことが、嬉しかったのだろうか。それとも平和なこの雰囲気が、心地いいと思ってしまったのか。

「何でずっと独身なのかって、訊かれた」

「ゲイだって、正直に言えばいいじゃないか」

「俺のことじゃないよ。東陽のことさ」

「ああ？」

「だから言っておいた。掃除も料理も完璧で、完全主義者だって。彼の心を射止めるような、完璧な女性が少ないんだろうってことにしておいた」

それは事実だが、まさか取引先の設計事務所でまで、自分のことが話題になっているとは思わなかった。

「ああいう男と結婚すると、女性のほうが不幸になるって、余計なこともしっかり吹き込んでおいたから」

「それはどうも」

家に帰って、まずい料理など食べたくない。部屋が散らかっていたりしたら、もう駄目だ。せっせと自分で掃除をしてしまうだろう。そういった苛立ちを感じないですむ相手ならいいが、そんなものはいないと東陽にも分かっている。

「ロバートは動物にも好かれるんだな」

あまりにも黒丸が楽しそうなので、つい愚痴っぽく言ってしまった。

「うん……好かれるって言うより、動物には分かるのさ。この人間は、ここで相手してやらないと、きっと辛いんだろうって」

「辛いのか？　何が辛いんだ」

「当たり前じゃないか。誰だって、楽に仕事をしてるわけじゃないよ。時には、クライアントに振り回され、ベッドにまで付き合わないと、仕事が進められないなんて脅される。実際に成功しても、いざ、報酬を受け取ろうとすると、高すぎると文句を言う。そんなことばかりだ」

順風満帆《じゅんぷうまんぱん》に見えて、実はロバートもそれなりに苦労しているようだ。それを聞いて、東陽も頷くしかない。

「家に帰って一人だったら、きっとうんと落ち込むよ。だからペットの癒しが必要だ。そんな人間だって分かってるから、動物は俺に優しいんだ」

「そのために恋人がいるんじゃなかったのか？」

エビの背わたを取りながら、東陽はついまた余計なことを訊いてしまった。

「俺のすべてを受け入れてくれるような、素晴らしい恋人がいればいいけどね。自分のことが、何よりも大事な人間のほうが多いじゃないか。俺だって疲れてるって言われたら、もうそれ以上、何も言えなくなっちゃうだろ」

そのとおりだった。

だから東陽は、あえて恋人も作らない。

未熟でも許されるのは、動物だけだ。

ロバートは立ち上がり、キッチンに向かって歩いてきた。すると黒丸とマトリックスも、その後に従う。

「何か手伝えることある？」

「何も……。黒丸の相手をしてやってくれればいい。猫に食事はさせたのか？」

「黒丸が食べるときに、一緒に食べさせる。黒丸はもう食べた？」

「いや……食事はいつも私と一緒だ。朝と夜の二回」

「散歩もちゃんと二回行ってるだろ。そういうところ、優しいよね。東陽だって眠いし、疲れてる筈なのに」

ロバートの言葉は妙に優しく、理解あるものだった。ここは素直に喜ぶべきなのだろうが、東陽は感情を表すのが苦手だ。そのせいで上手く言葉を続けられない。

「黒丸は幸せだ。東陽に愛されてる。東陽に愛されたら、人間でも幸せになれるだろうな」

それが自分だったらいいと、ロバートは言いたいのだろうか。そこまで穿《うが》った見方をするのは、やはりまずいかなと東陽は反省する。

「なかなか、そういう相手には巡《めぐ》り会えないものさ」

自分でも、気の利いたことが言えたと思った。するとロバートは、キッチンの床に座って、膝にマトリックスを乗せ、傍《かたわ》らに寄り添う黒丸の頭を撫でながら言った。

「捜しに行く気がないからだよ。俺はいつも捜してる。だけど見つかったのは、マトリックスだけだ」

「最初の男が忘れられないからだろ。みんな、その男と比較するから、つまらなく思えてしまうんだ」

言ってはいけないことだっただろうか。東陽はロバートを見ないようにして、大きな中華鍋を用意し油を垂らした。

「そうか、ああ、そういうことか。そうだな、それはあるかもしれない」

怒るのかと思ったら、ロバートは素直に感心している。

「ああ、そうなのかもしれない。今まで気づきもしなかった。最初の兎みたいな男は、本当に優しかったんだ。俺がどんなことをしても怒らないし、許すってことをよく知ってる男だったから、つい甘えっぱなしだったものな」

「それって優しいか？」

ニンニクとショウガを炒め、油に香りを移してすぐに引き上げる。そして勢いよくエビとイカを炒め始めた。

「うっ、いい匂い。俺、腹減ってるんだけど」

「私もだ」

ロースターでは、豚肉がほどよく焼き上がっている。もう後は盛りつけるだけになっていた。なのにもう一品のせいで、とんだ時間を食っている。

「優しいだけが愛だとか思ってるのか？」

またもや話を蒸《む》し返している自分がいる。けれど言わずにはいられなかった。

「厳しさも愛、なんて東陽だったら言いそうだな。そうだね……優しいだけっていうのは、喧嘩するのが嫌だったからだろうな。アメリカの男は、自分の意見をきっちり言うタイプが多いから、どうしても喧嘩になる。そうか……心地よさに逃げてたのかもな」

刻《きざ》んだセロリと、冷凍しておいたブロッコリーを入れて、さらに炒める。そして調味料を加えながら、東陽はこれを味わうロバートの幸せそうな顔を想像してしまった。

「出来たぞ。ダイニングテーブルに移動してくれ」

「早いな。さすがだ。こんなに料理を楽しみにしたのは、久しぶりだよ」

「それはどうも」

皿に手早く盛りつけ、東陽は冷蔵庫を開いた。そして冷酒の緑の瓶が横たわっているのを見て、得も言われぬ幸福感を味わう。

「黒丸のご飯は？　ドライのドッグフード？」

「これを混ぜるんだ」

冷蔵庫から取りだした、鶏肉《とりにく》と野菜の煮たものを、東陽はドライフードと混ぜて、手早く用意した。

「手作りかよっ」

「当たり前だ。ドライフードを加えることは、黒丸の健康管理に必要だからしてるがな」

「どうりで毛艶《けづや》がいいわけだ。ねぇ、お願い。それマトリックスにもあげてよ。旨そうだ」

人間が食べても十分においしい、上質な鶏肉を使っている。それに刻んだキャベツと、豆が入っていた。

「猫は野菜を食べるのかな」

それでも東陽は、マトリックスのフードボールに同じように入れてやる。

「マトリックス、見たか？　俺はこんな手作りフード、初めて見たぞ。旨そうだな」

あろうことかロバートは、マトリックスの分を摘《つま》んで味見している。

「味付けはしてないぞ」

「うーん、東陽。これは活《い》かせる。俺は、ペット同伴可の店で、フードも提供するべきだと思ってるんだ」

途端に仕事モードに入るロバートを無視して、東陽はすぐにテーブルセッティングを開始したが、やはり気になって手が止まった。

「ペット同伴可の店……ウッドデッキか……」

「ちゃんと仕切って、ペット同伴の客の姿が見えなければ、一般客は気にしない。犬連れで食事をしたい人間は都会には多いよ。一店舗は、ドッグカフェ専門にしようかなとも思ってるくらいだ」

そういう発想は、東陽には全くなかった。これは小さな驚きだ。

「黒丸、毎日、こんなおいしいもの食べてたのか。愛は偉大だ。俺は少しは東陽に愛されたらしい。人間用も素晴らしい……最高の食事だ」

ロバートが椅子に座ろうとしたところを、東陽は遮《さえぎ》る。

「シャワーを浴びろとまでは言わない。せめて手を洗ってくれ」

「ああ、ソーリー、マム」

照れたようにロバートは言うと、急いでパウダールームに走っていく。その間に東陽は、冷酒をそれぞれのグラスに注いだ。

浮き立つ気持ちはそのままだ。

それが完璧な料理のせいか、誰かとする食事のせいなのか、やはり東陽には分からない。だが分からないままでも、今夜はいいことにした。

「洗ったよ、マム」

戻ってきたロバートは、大きく手を開いて東陽の前で振る。そんな様子は妙に子供じみていてかわいげがあった。

「凄いな。ポークの味噌ソテーに、これは何？」

「卵の黄身を、味噌に漬け込んだものだ。からすみのような味わい……スモークチーズとでも言うべきかな」

説明している間に、もうロバートは口に入れてしまっている。

「うーん、これは確かに白ワインとか酒に合う。いい感じだ」

「……この旨さを、分かってくれて嬉しいよ」

ロバートが全くの料理音痴《おんち》でなかったのが、せめてもの救いだ。旨そうに食べてくれるのを見ているだけで、気持ちも晴れやかになってくる。

「米とかパンは？」

「夜はあまり炭水化物は摂《と》らない。酒を飲むから」

「そうか。体型を維持するために、努力をしているってことだな。でも誰のために、美しくいようとしてるんだ？」

訊かれてすぐに東陽は答えた。

「何でも完璧を目指しているなら、自分を美しく保《たも》つくらい当然だろ」

「今の自分で満足してる？」

「ああ、満足だ」

結局、自分はナルシストなんだと東陽は認めた。だから誰も愛せないし、興味も持てない。それなのにロバートを変に意識してしまうのは、ナルシストなところがよく似ているからだろうか。

「ロバートは、パンが必要か？　明日の朝用のパンを出すが」

「いや、いいよ。このシーフードの炒め物もおいしい。上品な味わいだ。上海《シャンハイ》の料理人みたいだな」

「それはどうも……」

困ったことに、今夜は酒が旨い。そのせいでこのままいけば、用意した一瓶が軽く空いてしまいそうだった。

「白ワインを冷やすか……」

「いつもそんなに飲むの？」

「いや……」

「酒飲むより、もっといいことがあるだろ」

ロバートはそこで艶然《えんぜん》と微笑む。

「カロリーを摂るだけじゃなく、消費することも考えたら」

「……誘っても無駄だ。昨夜はどうかしてたんだ」

そう、どうかしていたのだ。据え膳はそれなりに食う主義だが、ロバートに手を出したのは、やはりまずかったと思う。ロバートとの関係を認めてしまったら、どんどんエスカレートしていきそうだ。

「楽しんだだろ？　もっといろいろと楽しみたいじゃないか。別に結婚してくれなんて、言うつもりはないから、安心していいよ」

ロバートはそれとなくテーブルの下から足を伸ばしてきて、東陽の足に触れる。その動きは、猫のように忍びやかだった。

「無駄だ。昨日、やったから、今夜はとてもそんな気にならない」

「そう？　そうかな。運動は続けると、毎日しないとストレスになる。それと同じさ」

「習慣になってしまったら、それはそれで困るだろ。ロバートがいなくなった後、また新たに相手を探さないといけなくなるなんて、面倒なことはごめんだ」

そこでロバートは、ハンッといった感じのおかしなため息を吐いた。

「何だ？　言いたいことがあるなら、きちんと日本語で話してくれ。イライラさせるな」

「謎が解けた」

「何の謎だ？」

二人で飲んでいるせいだろうが、ついに冷酒の瓶は空いてしまった。やはりもう一本、白ワインを用意したい。けれど今から冷えるのを待つのは嫌だった。

「東陽は別れが怖くて恋が出来ないいんだ」

「んっ？」

「思ったよりデリケートな男だったんだな。もしかして、寂しいとか感じるの苦手だろ」

またロバートが、勝手に決めつけて言っている。

「振られたことがあるんだな。浮気されたのかもしれない。その時にもの凄くプライドが傷ついたんだ。だから絶対的な愛を示す、犬しか愛せないんだ」

当たっているだろうか。当たっているかもしれないが、少し違う。東陽は過去を思い出し、苦い思いを噛《か》みしめた。

この外見に釣《つ》られてなのか、女達はわらわらと寄ってくる。もてるのをいいことに、好き放題に漁《あさ》っていたら、昔の父のような愚か者になってしまっただろう。

そこまではいかなかったが、あまりにも簡単に手に入ると、そのうち彼女らの真剣みを疑うようになった。見てくれがよければ、誰でもいいのかと思ってしまう。不信感がつのって、真剣に恋愛することに興味がなくなったのだ。

「それは違うな。そんなことでプライドは傷つかない」

「そう?」

「外見で判断されるのにうんざりしているだけだ。ロバートだって、この外見が気に入って、寝たいと思ってるだけだろ。犬は人間の美醜《びしゅう》に拘らない。心根《こころね》だけで判断してくれるのが、何よりも素晴らしい」

時間を掛けて関係を築《きず》けば、少しは違ってくるのかもしれない。けれどそこまで東陽は、相手に対する関心が続かないのだ。それは自分でもどうすることも出来ない欠点だとは分かっていた。

「簡単に終われるような関係に、エネルギーを注ぎ込むだけ無駄だ。そんなに男が欲しいんなら、そういうスポットに行けばいい。日本はゲイに優しい国だから、バッシングされることもなく、好きなだけナンパ出来るぞ」

「それも違うね。誰とでも寝たいわけじゃない。俺なりに真剣に付き合ってるつもりなんだ。だけどついふらふらしちゃうのは……相手に俺をつなぎ止めるだけのパワーがないからさ」

「そんなものは言い訳だ」

何でこんな不毛《ふもう》な会話をしているのだろう。料理も綺麗に片付いた今、東陽はもう眠ってしまうべきだと思った。

明日の朝早く起きて、黒丸と散歩をし、その後で優雅な朝食を食べるほうが、恋愛観なんてもので議論しているより、ずっと有意義《ゆういぎ》に感じられる。

「今夜はこれで終わりにしよう。さっさと風呂に入って、寝てくれ」

「逃げるんだ？」

「これは喧嘩でも議論でもない。意味のない会話だ。適当に終わらせるのもマナーだろ」

「意味はあるさ。互いの恋愛観の食い違いを是正《ぜせい》すれば、もっといい関係を築けるかもしれないじゃないか。確かに、俺はいずれアメリカに帰る男だけど、だからって最初から、対象外ってのは悲しすぎる」

「では悲しめ。そこまでは邪魔しない」

東陽は立ち上がり、食べた食器を片付け始める。するとロバートも立ち上がり、手伝い始めた。

「作ってもらったんだ。皿洗いくらいするよ」

「たいした手間じゃない。下手に手伝われて、皿を割られたりしたら迷惑だ。これは伊万《いま》里《り》のいいもので、作った陶芸家《とうげいか》はもう亡くなった。二度と手に入らない逸品《いっぴん》なんだ」

「へぇーっ、そんな皿でもてなしてくれたんだ？」

そんなことは当然だった。日常に使う食器にも、東陽は妥協《だきょう》を許さない。

「そうか、それじゃこの家には、東陽を脅せるものが山ほどあるってことだな」

ロバートは嬉しそうに皿を手に取り、顔の辺りまで持ち上げる。そして一瞬、手を離すような動作をしてみせた。

「……何を考えてる？」

「別に……ただ、これを落とされるのと、俺をベッドに招待するのと、どっちを東陽が選ぶか考えていただけさ」

にやっと笑って言われて、さすがに東陽も呆《あき》れてしまった。

とんでもないことを考えつくものだ。ある意味、天才的とも言える。

「どうかしてる。よくそんな卑劣《ひれつ》なことを思いつくな」

「どうせ皿のためには、自分の身を犠牲《ぎせい》にするんだろ」

「……」

ロバートは言い訳の天才だ。東陽と同じベッドで眠るのに、大切な皿のためという、断れない言い訳をちゃんと用意してくれている。

「割ったり、壊したりしたらいけないものが、この家、特にキッチンには大量にありそうだな。気を付けることにするよ」

素晴らしい笑顔で言うと、ロバートは皿をテーブルの上に戻した。

皿のために、男と寝るようなことはしたくない。東陽はそう思ったが、この調子では次々とベッドに侵入してくる方法を考え出すだろう。イタチごっこになんてなっても、ばかばかしいだけだ。

「さっさと風呂に入ってくれ……」

とりあえずは、それしか言うことがなくなった。

するとロバートは、勝ち誇《ほこ》ったように笑った。

「分かったよ、マム。言いつけは守るよ。いい子でいるのは、そんなに難しいことじゃないからな」

ロバートは弾むような足取りで、ダイニングテーブルから立ち去った。その後ろ姿を見送る東陽の眉間には、深い縦皺《たてじわ》が刻まれていた。

今夜こそ、キングに返り咲く。ロバートはそんな決意を胸に体を磨いていたが、どうして自分から綺麗にしているんだと、ふと手が止まった。

クイーンの座に落ちたままでいるなんて、ロバートとしては自分を許せない。なのにこれでは、愛されるのを待っているようではないか。

昨日は油断していたのだ。東陽があんな武道の達人だなんて知らなかったから、失敗したのだと思う。

今夜は東陽の性感帯を探り当て、じっくりと攻め落としてやるつもりだ。

「マトリックス、俺はクールじゃない。何で、こんなに意地になってるんだろう」

バスルームから出てきたロバートの足に着いた水滴を、マトリックスはそのざらつく舌で丁寧に舐めてくれている。くすぐったさを感じながらロバートは、東陽がもっとも感じる性感帯はどこかと考えた。

「惚《ほ》れたなと思った瞬間、もう駄目なんだ。そう……猫がネズミを捕《と》るように、じっと狙って、そして……ガブッ！」

噛む真似をすると、遊んでくれると思ったのだろう。マトリックスは長い尾をゆらゆらとさせて、ロバートの足下を回り始める。

「猫の嫌なところは、獲物を手に入れたら、しばらくそれで遊ぶことだ。本当に飢《う》えていない限り、一思いに息の根を止めない……。俺の嫌なところはそこさ……。狩るまでは必死なのに、しばらくすると飽きてどうでもよくなる」

ロバートは、恋を成就《じょうじゅ》させるのは得意だが、終わらせるのはあまり上手くない。過去にはそれで何度か失敗している。

浮気に怒ったり、マトリックスに嫉妬して相手が出て行く分にはいいが、ロバートが最初から拒絶しているのに、相手がそれを受け入れられず、ついにはストーカーとなったことがあったのだ。

実はそれで今困ったことになっている。そんな時に、日本での仕事が来たのは有り難かった。

「別れるのは難しい。けど……東陽は、あっさりと受け入れそうだな」

それはそれで寂しい気がする。別れ話が出ても修羅場になることもなく、あっ、そう、それじゃ元気でとの一言で終わってしまいそうだ。

「まだ付き合ってもいないのに、もう別れの心配か？　俺、どうかしてるな」

東陽のボディローションを、勝手に付けた。さっぱりとしたいい香りだ。体臭が強くないから、この程度のソフトなものが好みなのだろう。

「いい趣味だ」

さらにコロン、整髪料、アフターシェーブローションまで調べる。やり過ぎたかなと思わなくもなかったが、東陽の趣味を理解するには必要だと思った。

「オーガニック素材か。東陽らしい」

ここまでこだわっていると、女性にもそのライフスタイルの素晴らしさはわかるだろう。

「そうか……俺は大きく誤解していたんだな」

東陽の言葉を思い出しながら、ロバートは鏡に映った自分に話しかける。

「東陽は振られたんじゃない。もてすぎて、逆に女に興味がなくなったんだ。追いかけるからこそ、狩りは楽しいのに、目の前に毎日ごちそうが届けられたら、そりゃ興味もなくなるよな」

そうなるとロバートは、東陽の気を惹くためには、上手く逃げないといけない。近づくと下がる。また遠ざかると近づく。そんなイライラさせる距離に身を置けば、東陽も黙っていられなくなるだろう。

「駄目だ、マトリックス。俺は飢えている。ここのところ、あんなにいい男と出会ったことがない。あいつは悔しいくらいクールなのに、意外に優しいんだ」

ロバートはバスタオルを腰に巻くと、そのままの姿で東陽の部屋を目指した。東陽はキッチンで片付けをしている。料理したことなどないかのように、完璧に綺麗にしている最中《さいちゅう》だった。

今夜もベッドに忍び込むつもりだが、上に乗られたら終わりだ。何よりも最初が肝心《かんじん》なんだと、意気込んで部屋に入ると、もう黒丸がベッドを占拠《せんきょ》していた。

「何だよ、東陽が来たら叱られるぞ。いいペットは、ご主人様のベッドに上ったりしないもんだ」

そう言いながら、マトリックス共々ベッドの上に横たわる。

「やっぱりこっちのベッドのほうが、ずっと寝心地がいいな」

マトリックスはゴロゴロと喉を鳴らし、黒丸はふざけてロバートの足を舐めたり、甘く噛んだりしてくる。ロバートは少年に戻ったように、楽しげに二匹とじゃれて遊んだ。

だがいつまで待っても、東陽がやってくる様子はない。まさかゲストルームで寝てしまったのだろうかと、さすがにロバートも不安になってきた。

黒丸は遊びの時間が終わったと知ると、床に敷かれた自分用のマットの上で寝てしまう。マトリックスもさっさと足下に場所を見つけ、丸まって眠ってしまった。

ロバートは裸のまま、ベッドに横たわっている。このまま無視され続けるのかと思うと、やりきれない気持ちだ。まさか東陽は、ロバートの部屋で眠ってしまったのだろうか。

「そんなに俺が嫌いなのか？　恋愛対象にもならないし、セックスもしたくない相手だってことなのか？」

さすがにショックは大きかった。ここまで徹底して嫌われたことなど、これまでなかったからだ。

「うまくいかないな。愛されたいと思う相手には嫌われ、どうでもいいと思うようなやつらにはもてまくる……。それとも、簡単に落ちないから、意地になっているだけか？」

東陽が受け入れてくれる気がないなら、せめてベッドだけでも独占しよう。そう思って、ロバートは羽毛布団を引き寄せ体を覆《おお》う。そしていつの間にか、眠りに引き込まれていった。

どれくらいうとうとしていただろう。ベッドの横が軋《きし》む気配に、ロバートは目を覚ました。ぼんやりした寝起きの意識のなか、時計を見て驚いた。東陽は二時間近く、何かをしていたようだ。

「仕事……してた？」

「ああ、大切な仕事をしていた。もうくたくただ」

「仕事とプライベートは、きちんと分けたほうがいい。疲れるだろ」

「疲れさせているのは誰だ？」

東陽はパジャマ姿だ。その体からは、ロバートが使ったボディローションが香った。

「一人で寝ることも出来ないのか？」

ロバートに背中を向けてしまいながら、東陽は呟く。

「いつもは猫と寝てるんだろ。ゲストルームのベッドが小さいって言うなら、大きいものに変えてやってもいい」

「そうじゃない。何度も言ってるだろ。俺は東陽と眠りたいんだ」

東陽の広い背中に腕を回し、ロバートはそっとその体に抱きつく。

何て素晴らしい体なのだろう。この体に喜びを教えたい。少し眠ったことでロバートの体力は回復し、もう大人しくしていることは出来なくなっていた。

「忙しくさせた原因は俺か？　だったらお詫《わ》びに……今夜は、俺がしてあげるよ」

そう言うとロバートは東陽の体を上に向けさせ、パジャマのズボンをそっと引きずり下ろした。そしてまだぐんにゃりとしたままの東陽のものに唇を近づけ、先端に軽くキスをする。

「楽しませてあげるから……」

ぱくっと一気に咥えると、東陽の下半身を裸に剥いてしまった。そして巧みに舌を蠢かし、一番感じる部分から攻めていく。すると東陽の体は、素直に反応を示し始めた。

柔らかな袋の部分に指を伸ばし、そっとまさぐる。ここまでくればもう少しだ。その先に指を伸ばしていけばいい。

急ぐあまり、警戒心を持たれても困る。ゆっくりじっくりと攻めていくのだ。先端の裏側を刺激し続ければ、健康な男だったらすぐに興奮する。現に東陽のものは、徐々にだが硬度を増してきていた。

咥えたまま、パジャマの上を脱がしにかかる。上質なコットンの柔らかい手触りだ。パジャマまで拘りの逸品というあたりが、いかにも東陽らしい。

ボタンを一つ、また一つと外していって、ついにパジャマをすべて脱がすことに成功した。さぁ、これからじっくりと東陽のものを嬲《なぶ》ろうと、ロバートは本格的に体勢を整えた。

だがそれまでただじっとしていた東陽の様子が、何となくおかしい。体の位置を微妙に変えている。

「んっ？」

頭の位置が変わったと思ったら、次の瞬間、東陽の顔はロバートのものの前にあった。

「無理しなくていいよ。そんなことしたくもないだろ？」

東陽は返事をしない。ただその位置にいたいだけなのかと思って、ロバートは再び口に東陽のものを咥えた。すると東陽も、同じようにロバートのものを咥えてしまう。

やはりやる気なのだ。

負けず嫌いなのだろうか。それともセックスに対して意欲的なのか、ロバートは困惑して東陽の様子を見守る。するとまたしても東陽は、同じように動きを止めて、じっとロバートの次の動きを待っていた。

「よく分からない男だな。俺に対して、挑戦してるつもり？」

むっとしてロバートが言うと、東陽は笑った。

「何でも、道を究《きわ》めないといられないんだ。ロバートに出来て、私に出来ないことがあるのが気に入らない」

「何で、そうつまらないことで意地になるんだ。今夜は俺が楽しませてやると言ってるんだから、素直にじっとしてればいいじゃないか」

「楽しいことなんだろう？　だったらどうして参加させないんだ？」

「……そんなにやりたけりゃ、好きなようにやればいいさ」

そうは言ったものの、ロバートは自分の思ったようにしても、それを真似されたらどうしようと不安になる。

またもや東陽にリードされて、快感を与えられてしまうのだろうか。

過去には、当時の恋人と互いに楽しむことだってあった。そして快感を貪ったのも事実だ。けれど東陽が相手だと、そう簡単にすまなそうなのが怖い。

「どうした？　続けろよ」

「……」

気が削《そ》がれた。そう思ってぐずぐずしていたら、東陽が同じようにやり始めた。こうなるともうじっとしているわけにはいかない。ロバートもすぐに反撃を開始した。

こんなことで意地になってもしょうがない。そう思っていても、つい意地になってしまう。お互いに負けず嫌いだということが、これでよりはっきりした。

ロバートが自慢の舌を駆使すると、東陽も同じようにやってくる。するとロバートは、自分のやり方がいかに巧みだったか、その身で味わわされることになってしまった。

「うっ……んんっ……」

思わず声が漏れたのはロバートだった。東陽のものはしっかり大きくなっているというのに、まだ声も出さずに平然と行為を続けている。

「あっ……ああ」

何とかいきそうになるのを耐えようと、ロバートは東陽の背後に指を滑《すべ》り込ませようとする。すると東陽も全く同じように、ロバートの中に指を入れてきた。

「よせよ……あっ」

弄《いじ》られているうちに、ロバートは完全に落ち着きをなくした。自分を取り戻したい。そう思って東陽を楽しませようとすると、今度は体の向きを微妙に変えて逃げられてしまう。

「んっ……ずるい……だろ」

「そうか？　ずるいかな」

憎らしいほどの余裕を見せて、東陽はロバートの入り口をさりげなく広げていく。そうしている間にも、ロバートのものを巧みに口で愛撫《あいぶ》するのを忘れなかった。

これでは全く逆転だ。優位になりたくても、もうロバートは快感に浸っていて、余裕はどんどんなくなっていく。

「んっ……んんっ……あっ、ああ」

こんなに興奮してしまってはいけない。そう分かっていても、ロバートにはどうすることも出来なくなっていた。

「あっ、あああ、だ、駄目だ。もう、やめてくれ」

「弱音を吐くなんて、ロバートらしくないぞ。素直に楽しめばいいじゃないか」

「何にも知らないような顔して……とんでもないやつだ……こんなこと、平気でやるなんて」

「言っただろ。ロバートに出来るなら、私に出来ない筈はないって」

さらに強く吸われて、ロバートはぎゅっと目を瞑《つむ》る。ここであっさりといってしまったら負けだ。何があっても自分を取り戻し、東陽に快感を与えて自分と同じように乱れさせないといけない。

なのに東陽はロバートを攻めるのに夢中で、どんなにロバートがいかせようとしても、簡単には乗ってこない。

再び、互いの体を攻め続ける時間が始まった。ロバートは巧みに舌を絡め、強弱をつけて東陽のものを吸ったが駄目だった。

同じように返される。そしてされればされるだけ、ロバートの体から力は抜けていき、もういってしまいたいという欲望に負けていくばかりだった。

「あっ、あぁっ、あっ！」

東陽の頭を払いのけた次の瞬間、ロバートの体から飛び出したものは東陽の広い胸を汚した。

「派手にやってくれたな」

ふっと鼻先で笑われて、ロバートは悔しさから東陽のものにむしゃぶりつく。だが簡単に引き離されてしまい、また昨夜のように俯せにされてしまった。

「あっ！」

これではまた逆の展開だ。もう体が慣れてしまったのか、ロバートの体は苦もなく東陽のものを受け入れてしまう。

「シットッ！　何でこうなるんだっ」

「そんな汚い言葉を、使うもんじゃない。もう少し、レディらしく、上品に振る舞え」

東陽はロバートの耳元で囁くと、ぐっと興奮したものを押し込んでくる。するとロバートの内部で、新たな快感の炎が上がった。

「うっ、ううぅっ、あっ、ああ」

「やはりこっちのほうが、私には向いているようだ」

「そ、そんな、ことは……やってみないと分からないだろ」

「分かるさ。ああ……気持ち……いいよ、ロバート。君もいい感じなんだろ？」

「んっ、んっ、んんっ」

悔しいことに、新たな快感をロバートは知ってしまった。昨日より痛みが少ないせいだろうか、より深く感じてしまうようになったのだ。

「あっ、あっ」

一度出したというのに、またもや興奮している。それはこれまでロバートが味わったことのなかった、深奥にある快感スポットのせいだった。

そこを攻めたら、どんな男も骨抜きになる。そんなこと分かっているのに、東陽がそこを狙ったように突いてくるのを許してしまった。

「んっ……あっ……」

「いい感じで締め付けてくるな。なるほど……ロバートがやりたがる気持ちも、これならよく分かる」

「うっ、ううう」

本当はそっちにいるのが自分なのだ。何度もそう思ったけれど、結局ロバートはいいようにされているばかりだった。

「んんっ、ロバート……簡単にいかなくてすまない。もうしばらく楽しませてくれ」

「んっ、い、いやだっ。さっさと終わりにして、俺の体の上から下りろよ」

「もう一度、楽しみたいか？　だったら……」

　ぐっとさらに奥まで突っ込まれて、ロバートはたじろいた。確実に狙ってきているとしか思えない。いつの間に東陽は、男の体の奥にある快感スポットのことを知ったのだろう。

「遠慮しなくていい。何度でも楽しめ」

「んっ……そんなこと……あっ、出来るもんかっ」

「出来るだろ」

　背後から手を回してきて、東陽はロバートのものを弄り出す。すでにまた興奮してきていることを、あっさりと見抜かれてしまった。

「うあっ！」

　先端を撫でられて、ロバートは身悶《みもだ》えた。このままでは、また簡単にいってしまいそうだ。

　クールになれと自分に命じたけれど、そんなものはもはや何の役にも立たなかった。

早朝の六時に、東陽は目覚める。目覚ましをセットしてあるが、鳴る前に必ず目覚めた。今朝はいい天気のようだ。寝室の壁に並んだ、小さな四角い窓からは、明るい陽光《ようこう》が射し込んでいる。

完全な寝不足だ。昨夜はロバートが暴挙《ぼうきょ》に出る前に、予防策を講《こう》じようと思い立ち、大切な皿やコップをすべて梱包《こんぽう》し、鍵の掛かる地下室に運び入れてしまった。

そこまで徹底してやったのに、結局はロバートを抱いている。

あっさりと肉欲に負けてしまったのだろうか。それともロバートの必死な求愛に、心が動かされたとでも言うのか。

ロバートは東陽に抱きついて、ぐっすり眠っている。そんな顔を見ているうちに、東陽は自然な感じでロバートの額《ひたい》にキスをしていた。

してしまってから、東陽は自分でも恥ずかしくなってくる。そして慌ててロバートの体を引き離し、シャワールームに向かった。

このままでは、セックスするのが当たり前のことになってしまいそうだ。今夜も当然のように、ロバートは東陽のベッドに潜《もぐ》り込むだろう。

今更それを退けても、かえっておかしなことになる。だったら最初から手を出すなと、誰もが思うだろう。

けれどセックスだけの関係で終われるほど、単純にはいかなかった。最初からセックスだけが目的の行きずりの関係ならいいが、同じ家に住み、一緒に食事をするような関係が続くとなると、東陽もドライなままではいられなくなる。

犬でも三日飼えば情が移るものだ。まして人間となったらどうだろう。東陽にはこれまで、こういった関係となった相手との同居経験がない。面倒なことになると分かっていて、出来るだけ避けてきたからだ。

ロバートを徹底的に嫌えればいい。卑劣な手を使うのに、ロバートにはどこか憎めないところがある。そのせいで完全にドライになりきれないのが、東陽にとっても悩みの種だった。

シャワーを浴びた東陽がリラックスウェア姿で現れると、黒丸は尻尾を振りながら座って待っていた。吠えて要求するなど決してしない、黒丸は賢い犬だった。

散歩が何よりもの楽しみなのだ。その期待に応えたいと、つい思ってしまう。東陽は黒丸を伴って階下に降りると、玄関でハーネスとリードを付けてやった。

「寝不足だな……黒丸、私は何でこんな愚かなことをしてるんだろう。自分でも分かってるのに、なぜ止められないのかな」

すぐにでも玄関を飛び出したいだろうに、黒丸は東陽がシューズを履く間も、じっと待っていた。その目は、無心に東陽を見つめている。どこかロバートが、東陽をじっと見つめるときの眼差しにも似ていた。

「行こう」

ドアを開いた瞬間、足下をさっとマトリックスが飛び出していった。さすがにそこまでは東陽も予想していなかったので、慌てて後を追ったが、マトリックスはひらりと隣家の塀の上に飛び乗り、東陽の愚かさをあざ笑うかのように、優雅な姿勢で見下ろしている。

「さっさと家に戻れっ」

そう命じたところで、猫に分かるとは思えない。やはりマトリックスはそれ以上どこにも行こうとせず、東陽と黒丸を見ている。

「迷子になっても知らないぞ」

猫の気まぐれに付き合っている時間などない。東陽が歩き出すと、マトリックスは優雅な歩みで付いてきた。どうやら猫の分際で、一緒に散歩を楽しむつもりらしい。

「そうか、そういうつもりか」

自由にどこにでも行けそうなものなのに、あえてマトリックスは黒丸と一緒に散歩をしたいらしい。その姿にロバートが重なった。

「懐かれてもな、黒丸は犬だぞ」

横を並んで歩くマトリックスを、黒丸も時折ちらっと見ては歩いていく。異種族のものでも、黒丸にとっては関係ないらしい。自分達の群れに加わったものとして、心を砕く優しさがあるのだ。

そんな黒丸を見ていて、東陽は反省した。ロバートを自分の群れに加えたのは東陽だ。たとえいつか群れから離れていくとしても、一緒にいる間は大事にしてあげるべきだろう。

冷たくするのは、別れが怖いからだ。

実家で飼っていた、生意気なチワワが死んだときも、東陽は隠れてこっそりと涙を流した。母に溺愛されていて、東陽のことすら目下に見ているような犬だったが、実家に戻れば必ず足下にすり寄ってきた姿が見えなくなって、とても悲しかったのだ。

恋愛に対して積極的でないのも、やはり失うことを恐れているからかもしれない。いつでも代わりは手にはいるのだろうが、もし代わりなどないものに出会ってしまい、失ったらどうだろう。

きっとかなりのダメージを受ける筈だ。打ちのめされた自分なんて、東陽には想像も出来なかった。

ロバートの推測は、やはり合っていたのかもしれない。いつも本気になれないのは、それが原因だと思えてきた。

ペットは寿命《じゅみょう》が人間より短いから、いずれ別れる覚悟は出来ている。だが同じように生きていく人間相手だと、覚悟も出来ないうちに別れがやってくる可能性は大きい。

そんなことを恐れているとしたら、自分は狭量《きょうりょう》な人間だと東陽は落ち込む。思ったままに生きているロバートが羨《うらや》ましく思えてきた。

散歩の間中、マトリックスは付かず離れずの距離を保って、東陽の側を歩いていた。時には猫の身軽さで、ひらりと塀に上ったり、植え込みの下を潜ったりもしたが、車やバイクに怯えることもなく付いてくる。

猫にしてはかなりの移動距離だろうに、マトリックスは最後までしっかり付いてきて、帰り着いた東陽がドアを開くと、真っ先に室内に駆け込んでいた。

玄関には、シーツにくるまった全裸のロバートが座り込んでいた。その膝の上に、マトリックスは飛び乗り、身をすり寄せてゴロゴロと喉を鳴らしている。

「俺をひとりぼっちにして、ひどいよ、みんなでお出かけか？」

「だったら、一緒に起きればいいだけだろ」

「マトリックス、散歩は楽しかったか？　東陽は俺には優しくないが、猫には優しいだろ。迷子にならずによかったな」

ロバートはマトリックスを抱き上げると、よたよたとリビングのソファまで行き、その上に転がった。

「朝食が出来たら起こして」

「……」

何も手伝う気はないのかと怒りたくなったが、東陽はそこで諦めた。人間だと思うから腹が立つ。いっそ大きな猫を飼ったと思えばいい。生意気に人間の言葉を話したりするが、ここにいるのは猫なのだ。

一緒に仕事をしている、神流木・ロバート・美星という男は別の存在で、ここにはいないと思えばいい。

「そのシーツは洗うから」

新しいタオルケットを手にして戻ると、東陽はロバートの体からシーツを引きはがし、代わりにタオルケットで包《くる》んでやった。

そして洗濯をしながら寝室の掃除をし、ベッドメイキングをしっかりやってしまう。これでもう家に戻ってから、煩わしい思いをしないですぐに眠れる。

続けてリビングの掃除を開始した。ロバートが眠っていても構わずに、丁寧に掃除機を掛ける。そして目に付く犬猫の毛は、粘着テープで取り除いた。

「犬ってのは、使役《しえき》のために飼われるようになったんだ」

ロバートが眠そうな声で言ってくる。

「一緒に狩りをしたり、家畜《かちく》を守るために飼われ始めた。猫は……狩りの特殊能力を買われて、同居を望まれたんだ」

「……それで？　何が言いたいんだ」

「別に……ただ東陽はよく働くと思ってさ。よく出来た使役犬みたいだ」

反論する気はない。事実そうなのだから、認めるしかないだろう。

「だけどたまには、ぼうっとして自分を解放する時間も持たないと駄目だよ。アイデアってのは、もっともリラックスした後にわき出すんだ」

「リラックスならしている。黒丸の散歩の時間が、最高のリラックスタイムだ。それに料理、盆栽《ぼんさい》の手入れ。掃除、洗濯、忙しくしているように見えるが、頭の中をクリーンにするのには、最高の時間だ」

日当たりのいい窓辺に置かれた小さな盆栽は、この家にとてもよく合っている。生花《せいか》は枯れる間際《まぎわ》が悲惨だし、かといって作り物の花など飾りたくもない。観葉植物も嫌いではないが、むしろ盆栽のほうが東陽の感性には合っていた。

「じっとしてるのは苦手ってことか……。セックスの時はあんなに情熱的なのに、終わった後はさっさと背中を向けて寝てしまう。そういうのはあまりよくないよ」

「それだけは……得意じゃない」

終わった後、冷静になった瞬間に感じる気恥ずかしさは、東陽のもっとも苦手とするところだ。甘い言葉でも口に出来ればいいのだろうが、出来ないから冷たい男と思われるのだろう。

「俺が熱心に話し掛けてるのに、すぐに寝てしまうってのは失礼だろ。ピロートークによって、愛は熟成《じゅくせい》されていくものだ。東陽は自分から、そういう機会を遠ざけているとしか思えない」

「甘い愛を語りたいのか？　だったら相手を間違えたな」

「間違えたとは思ってない。東陽にはそういった習慣がなかっただけだ。それに疲れているからというのもあるかもしれない。そんなに起きている間中、フルエンジンで動き回っていたら、すぐに眠くもなるさ」

それが分かっているなら、何で手伝わないと言いたいところだが、猫に期待するほうがおかしいと考えることにした。

「いいよ、今夜は求めない。その代わり、ベッドでお互いのことをもっと話そう。俺も急ぎすぎた。東陽があまりにも好みの体してたからさ……チマヨッタんだ」

「……」

血迷《ちまよ》ったと言いたかったのだろうが、発音がひどくおかしくてしばらく分からなかった。

東陽は苦笑しながら掃除機を止め、精一杯優しい口調で訊いていた。

「朝食に希望はあるか？」

「パンケーキ食べたい。卵はスクランブル。塩コショウだけで味付けして、ケチャップ添えて。オレンジジュースある？　出来ればフレッシュな絞《しぼ》りたてがいいけど、無理ならいいや。買い物に行くなら、イチゴが食べたい。日本のイチゴは最高だからな」

「……」

「それと、起きた時みたいな、優しいキスして……」

ソファに横たわったまま、ロバートは両腕を差し伸べる。眠っていると思って油断したが、どうやらロバートはまたもや狸寝入《たぬきねい》りをしていたらしい。

「それは、さすがに恥ずかしいから、目を閉じていてくれないか」

「恥ずかしいって？　あんな凄いことしてるくせに」

そこでくすっとロバートは笑ったが、言いつけを守ってすぐに目を閉じた。その体の上に、東陽は抱え上げた黒丸をどすんと乗せる。黒丸は新しい遊びだと思ったのか、盛大にロバートの顔を舐め始めた。

「うっ、うわっ、こらっ、やめろ、黒丸っ」

ロバートがばたばたしているのを見ながら、東陽は満足そうに頷く。そして朝食の準備に取りかかった。

大きなモニターの中には、新店舗の図面が出来上がっていた。予算は抑えられていたが、ロバートとしては内装を大きく変えることだけは譲れない。合成皮革《ごうせいひかく》のソファ型の椅子はすべて取り払い、一人用の椅子に替える。テーブルも固定式ではなく、可動式の木製のものに取り替えた。

パーテーションによって、店内を自在に仕切れるようにした。行儀《ぎょうぎ》の悪い客を隔離《かくり》することも可能になるが、出来ることなら客がマナーを重視するようにしてもらいたい。

ファミリーレストランという呼称《こしょう》はいいが、あくまでも食事をするところだ。子供の遊び場でもないし、ホテル代わりにして仮眠する場所でもない。

それを徹底させれば、再生の途《みち》はあるとロバートには思えた。後はあの料理にうるさい東陽が口出しして、メニューを刷新《さっしん》することだ。

「サヤカさん、この図面、立体にして」

設計事務所のスタッフに、ロバートは笑顔で頼み込む。自分でもやれる作業だが、任された五十店舗がすべて同じではないのだ。敷地に合わせているから、設計もそれぞれに変えねばならない。ロバートにはやらなければいけないことが山積みだった。

「ロバートさんって、仕事速いですね」

若い女性スタッフは、マトリックスを膝に乗せながら感心している。

「専務の東陽はもっと速い。出来ないやつだと思われたくないからね」

このアイデアを了承したと思ったら、もう東陽は工務店との交渉を開始している。使用資材《しざい》のパンフレットが山ほど届けられていて、それに目を通す必要もあった。

日本人だけが勤勉《きんべん》なのではない。世界中、どこでも働く者は働くのだ。けれど余暇《よか》の生かし方は、やはり日本人は下手だと思う。

東陽はいつオフになるのだろう。あの調子では、休みとなっても一日何かをしていて終わってしまいそうだ。

野球やサッカーは観戦しないのだろうか。ジムに通って汗を流すとか、プールで泳ぐとかの肉体を酷使《こくし》する趣味はないのか。

ヨットでのクルージング、釣り、ロッククライミング、山歩き、あれだけの肉体をしているのなら、どんなことでも楽しめるだろう。

けれど東陽の口から、そんな楽しみは聞こえてこない。盆栽いじりとかの、枯れた趣味しかないようだ。

「そんなつまらない人間の筈がない」

「はい？」

自分に言われたのかと思って、スタッフが顔を向ける。

「ああ、心の声が漏れてしまったんだ」

ロバートは曖昧《あいまい》に笑ってごまかし、すぐに次の店舗の設計図を開いた。

「マトリックス、可愛いですねぇ。あたし、こんな利口な猫、初めてです」

そう言うと、仕事の合間におもちゃを揺らして、マトリックスのご機嫌を取っている。猫好きらしく、よければ私が面倒みましょうかと、今にも言いだしそうだ。

「そう、特別な猫なんだよ。もしかしたら自分のことを、人間だと思っているのかもしれない」

「こんな猫欲しいな。マトリックス、子供は作らないんですか?」

「残念ながら……もう去勢《きょせい》されてたんだ」

ハイウェイをよたよた歩いていた、子猫だったマトリックスの姿を思い出す。雨が降り始めていて、夕暮れの見通しの悪い時間だった。もしロバートが気づかなかったら、マトリックスは車に轢《ひ》かれてしまっただろう。

家に連れ帰り、翌日、獣医のところに連れていった。その時に、すでに去勢されていることを知ったのだ。

ロバートだったら、マトリックスから本能を奪うようなことはしなかっただろう。けれど都会で平和的に猫を飼うためには、必要なことなのかもしれない。

「残念だわぁ。マトリックスの子供だったら、絶対欲しいのに……」

「マトリックスと遊んでくれるのも嬉しいけど、それ出来るだけ早く仕上げてね。社長に見せないといけないんだ」

「あっ、すいません」

慌てて彼女は、パソコンの中の図面を立体化する作業に入る。

ここのスタッフはとても優秀だ。アメリカにある、父の会社のスタッフと遜色《そんしょく》ない仕事が出来る。こんなスタッフを揃えて、日本で仕事をしてもいいなとロバートは考えてしまった。

そんなことを考えてしまったのは、東陽のせいだ。あの家で東陽と暮らすことを、ロバートは夢見ている。

けれどこんな情熱は、また冷めてしまうのだろうか。追いかけているうちはいいけれど、追いついたら最後、後は逃げることを考えるようになる。

だから長続きしない。

そんなロバートの不安定さが見えるから、東陽も真剣に相手をしてくれないのだと思える。

優しいだけが愛じゃない。心地いいだけが、本当の恋愛じゃない。

分かっているのに、ロバートはつい気楽なほうに逃げてしまう。

ロバートに対して本気になったら、東陽はそんないい加減さを許さないだろう。

束縛されるのは嫌いだ。思うまま、自由に気楽に生きていきたい。けれど帰る場所、いつでもそこにある温かな膝には憧《あこが》れる。

自分のために用意された膝だ。そこに頭を乗せたら、優しい愛撫が待っている。安心して眠れる、そんな膝が欲しい。

首輪を付けて、その先を鎖《くさり》で繋いだり、ケージに閉じこめようとするような男では駄目だ。ロバートが望むものをくれ、尚かつロバートの自由を認めてくれる相手がいい。

そんな都合のいい相手には、そうそう巡り会えるものじゃない。東陽がそんなタイプかどうかも分からないのに、何でこんなに夢中になって追いかけているのだろう。

しかもキングの座を、絶対に譲らない頑固者《がんこもの》だ。このままクイーンの地位に甘んじていていいのかと毎回歯ぎしりしているのに、なぜ東陽がいいのか。

「神流木さん、薬師寺専務がお見えになりましたけど」

ロバートは、椅子から飛び上がりそうなほど驚いた。東陽のことを考えていたのが、誰かにばれていやしないかと思ったのだ。

東陽はスーツ姿で、大きなバッグを手にして入ってくる。すると中にいたスタッフの中に、心地いい緊張感が走った。

「仕事中にすまない。実は使用する資材のことで、ちょっと問題が起こってね。至急、意見を聞きたい」

そんなことは電話でも済むだろう。なのにわざわざ会いに来てくれたのは、何か特別な気持ちがあるんじゃないかと、ロバートは勝手に舞い上がっていた。

女性スタッフの隣の席にいたマトリックスは、東陽だと分かったのか、すぐに椅子を降りて東陽に駆け寄った。そしてその体にするするとよじ登り、あっという間に肩に居座った。

「ロバート……何とかしろ」

「い、いや、珍しいな。マトリックスがそこまで懐くとは」

東陽の体に飛びつきたいのは、ロバートだって一緒だ。先を越されてロバートとしては面白くない。

「会議室を借りてもいいですか？」

東陽は所長に確認すると、ロバートのデスクに山積みになっている資料を手に、マトリックスを肩に乗せたままで移動していく。ロバートも慌ててその後を追った。

「わざわざ会いに来てくれたのか？　嬉しいね。朝、別れ際のキスもなかったから」

会議室に入ると、ロバートは大胆にも東陽にキスを迫る。けれどあっさりと押し戻されてしまった。そして東陽はマトリックスを肩からつかみ取ると、ロバートの胸に押しつけてきた。

「最初に候補に挙がった資材が、国内在庫が少ないことが分かった。今から発注しても、船便だと数日かかる。割高になるが、他のものに変えるか、または工事日程を調整するかだ」

綺麗に付箋《ふせん》の貼られた資料を開き、東陽は壁に貼り付ける予定の木製ボードを示した。

「今、やっと一店の図面が上がったばかりだ。東陽、何をそんなに急いでる。在庫が一店分しかないというのなら問題だが、何店分あるんだ？」

完璧主義の東陽としては、改装を一日一店舗から二店舗の速度で進めていきたいのだろう。それには何もかもが揃っていなければ、納得出来ないのだ。

「輸入先の業者は東南アジアだろ？　船便でもそんなに日数は掛からない筈だが」

「ロバートなら分かるだろ。日本の商習慣とは違う。彼らにかかると、一週間で届けられるものも一ヶ月掛かる」

「それじゃ単純に計算しろ。他のものを使った場合と、あくまでも最初に決めたものとでは、差額がいくらになるのか」

すぐに東陽はバッグから薄手の電卓を取り出し、数字を打ち込み始めた。その真剣な顔つきをじっと見つめながら、ロバートはため息を吐く。

「何だ……本当に仕事のために来たのか。俺の顔が見たくて、来てくれたと思ってたのに」

「夜になれば、嫌でも見られるだろ。今夜は歓迎会じゃないのか？」

「歓迎会に出て欲しいのか？　一人で食事したいんなら、そう言えばいいじゃないか」

　ああ、何て自分は愚かなんだとロバートは思う。東陽は今朝、わざわざ二十四時間営業のスーパーまでいって、ロバートのために新鮮なイチゴを買ってきてくれたというのに、なぜこんな言い方をしてしまうのだろう。

「作ったものを残すのは嫌いだ……出たぞ。五十店舗で計算すると、一千万からの差額になる。千は大きいな。他を削《けず》って、予算を調整するか」

　東陽はあくまでも仕事の顔を崩そうとはしない。ロバートの言ったことなど、軽く流されてしまった。そこでロバートも、仕事の顔に戻ることにした。

「店舗ごとにイメージを変えるという手もある。だが東陽は、それじゃ嫌なんだろ？　統一感があるほうが好きだからな」

「『ブルーバード』という名前を残してくれというのが、社長の命令だ。ファミリーレストランの分野で、それなりに親しみの持たれた名前だからだろうな。どこの店舗に行っても、同じようなサービスと料理があることが必須《ひっす》だ。店舗ごとに大きくイメージが変わるのは、あまり望ましくない」

「請け負った建築会社は、どう対処するつもりだ？」

「急だったからな。割高のものでやって欲しそうだ」

　東陽は困ったといった顔をしている。自分の思ったように進まないことに、苛立ってい

る様子だ。

「どうせ社長の古くからの知り合いで、これじゃ駄目だって言ったら、割高のものでも納得すると思ってるんだろ」

光陽に拘りはない。何より面倒なことが嫌いだった。数百万損すると分かっていても、ええやないかで済ませてしまうようなところがある。

「現地の会社に在庫はあるのか？」

「ああ、それは確認した」

「だったら簡単だ。東陽、明日、現地に向かおう」

ロバートの言葉に、東陽は驚いた顔になる。

「現地って、マレーシアだぞ？」

「飛行機で何時間だ？　現地で商談をまとめて、一泊して帰ってきても、そんなに時間はかからないだろ」

そんな交渉には慣れている。施工主《せこうぬし》が納得するものを求めて、あらゆる国に足を向けるのがロバートのやり方だった。

「即座《そくざ》に支払うと言えば、急いで配送してくれる可能性もある。マレーシアなら、商取引はそんなにややこしいことにはならない。建築会社に任せていたら駄目だ。彼らは最初から、割高のものを利用するつもりなんだから」

「ロバートにも仕事があるだろ」

「それも俺の仕事さ。クライアントの納得するものを、完璧な形で提供する。それが出来ないなら、俺を呼んだ意味がない。金額の問題じゃないんだ。完成した時、最初に抱いたイメージどおりのものじゃなかったら、納得出来ないだろ？」

　そこで東陽はううんと低く唸《うな》った。

「東陽は何もかも自分で引き受けようとするからいけない。留守中のことは、他の社員に任せればいいんだ。たった二日のロスくらい、後からいくらでも取り戻せる」

「資材を調達《ちょうたつ》するのは、私達の仕事じゃないだろ？」

「店舗をリニューアルするのが、俺達の仕事だ。そのためにベストを尽くすことに、何で悩んでるんだ？」

　資料の山を、ロバートは自ら閉じた。そしてそれを東陽の前に、改めてずいっと突きつける。

「ここで東陽が動いたら、建築会社の連中も慌てるだろう。専務は社長のようにはいかない。こちらが希望していない、余ったような資材でもいいように使ってくれた社長とは違うと分かれば、今後の対応も違ってくる」

「つまり、親父は舐められていたってことか？」

「だろうな。光陽パパはいい人だが、ビジネスでは甘すぎる。それでも今日まで成功し続

けたのは、いい時代だったからだよ。だけどこれからは、会社経営は東陽の責任になるんだ。これまでとは違ってきて当然だ」

　東陽は、厳しいがいい経営者になるだろう。ロバートはそんな東陽の側に、自分の姿がいつまであるのか考える。

　恋人への気持ちが冷めてからの別れは、いつだってほっとするものだった。なのに東陽との別れを想像するだけで、気持ちは激しく落ち込んでしまう。

　二人で旅行するうちに、この気持ちが冷めればいい。そうすれば何も悩まずに、仕事が終わってすぐに帰国出来るのだ。

「成功した親を持つと、精神的に苦労するな。ロバートはどうだ？　お父さんは日本からアメリカに行って成功した人だろ？」

「親が成功しているのは、いいことじゃないか。少なくとも、無駄な時間が省ける。最初からレールが敷かれているんだから、もっと速く先に進める」

「そうか……そういう考え方もあったな。だが、そのレールが自分の行きたいところに行けなかったらどうしたらいいんだろう」

　東陽の意外な言葉に、ロバートは驚いた。まさか自分が継ぐことになる会社に対して、魅力を感じていないということなのだろうか。

「じゃあ東陽は、どこに行きたいんだ？」

「それが分かっていれば、苦労なんてしない……。マレーシアか、すぐに航空チケットとホテルを手配する」

すぐに東陽は持ってきた資料をバッグに詰め、立ち上がろうとした。そこで何かを思い出したのか、手を止めてまた椅子に座り直した。

「まさか一泊旅行にまで、マトリックスを連れて行くつもりか？」

「……いや……」

車で八時間の移動なら連れて行くが、飛行機となると確かに面倒だ。アメリカの国内を移動するのと違って、検疫《けんえき》などあると余計に煩わしい。

「黒丸を実家に預けるから、一緒にと言いたいところだが、あの家は猫が大嫌いなんだ」

「えっ？」

「前に飼っていたチワワが、よく近所のボス猫に脅かされていてな。それから母は猫が大嫌いになったらしい」

「東陽の猫嫌いは、ママの影響だったのか」

東陽はそこでしばらく考え込む。そして納得したのか、静かに頷いた。

「そうだな。ああ、そうかもしれない。マトリックスには大変失礼なことをした。猫があんなに賢いとは知らなくてな」

「マトリックスは特別だ。ほとんどの猫は、愚かで、きまぐれで、そして自分勝手で残酷《ざんこく》

なものだよ」

　マトリックスの飼い主として、恥ずかしくない人間になりたいものだが、ロバートは時々、愚かな猫のようになってしまうのだ。

「ペットホテルの手配をしよう」

　東陽がそう切り出した時、ロバートがアシスタントを頼んでいるスタッフのサヤカが、コーヒーを運んできた。

「あの、すいません。話し声、聞こえちゃって……よかったら、私が預かりましょうか？」

「盗み聞きはいけないよ、お嬢さん……」

「私、前、猫飼ってたんですよ。今、住んでるところもペットが飼えるところなので、安心してください」

　あまりよく知らない人間に、大切なマトリックスを預けたくはない。だが、彼女の申し出を断るのも、何だか大人げない気がした。

「そうだな。長くても二日くらいだから……お願いしようかな」

　ロバートは問いかけるように東陽を見る。すると東陽は、あからさまに不機嫌そうな顔をした。もし彼女が、いつも仕事を頼んでいるところのスタッフでなかったら、即座に断りたいくらいなのだろう。

何でそこで不機嫌になるんだと、ロバートは不思議な気がした。まさかロバートが、彼女に対して特別な気持ちでも抱くと誤解したのだろうか。

いや、嫉妬なんて素晴らしいことを、東陽がしてくれるとは思わない。世話になっているところのスタッフに、迷惑を掛けることを嫌がっているだけだ。

「いや、やっぱりペットホテルを探すことにしよう」

「でもペットホテルって、猫は一日中ケージに入れておくだけって聞きました。それじゃ、マトリックスが可愛そうです」

何よりも自由を愛する猫を、一日中ケージに閉じこめておく。それは確かに、あまり喜ばしいことではない。

「それは……嫌だな」

「でしょう。私の部屋なら、狭いですけど、ケージよりは大きいです。それに仕事中は、ここに連れてきますから」

ここなら自由に歩き回っても、誰も文句は言わない。それにマトリックスは、大切な書類を破くような無礼者《ぶれいもの》ではなかった。

「東陽、どうしよう？　サヤカの申し出はとてもありがたいんだが」

「好きにすればいい。自分の猫なんだから」

冷たい言い方をされて、ロバートはむっとする。マトリックスを何よりも大切にしていることを知っているのに、あまりにも素っ気ない態度だ。さっきまではマトリックス人のことを認めていたのに、何でこんなに態度を激変させるのだろう。

「それじゃサヤカ、お願いします」

ロバートが返事をすると同時に、東陽はもう立ち上がって、部屋を出て行ってしまった。

こんな些細なきっかけで、あれだけ熱くなっていた心も冷めたりするものだ。ロバートはデスクに戻りながら、自分の気持ちの温度を確かめる。

困ったことに、まだ大きく冷めてはいない。だったら仕事とはいえ、二人きりの旅行を楽しもうと、即座にロバートは頭を切り換えていた。

たかが猫のことで、昼間は大人げない態度に出てしまったと、東陽は反省する。別にサヤカは、ロバートと特別仲良くなりたいわけではないだろう。ただマトリックスを預かり、飼い主気分を楽しみたいだけだ。

下心があると疑うなんてどうかしていた。純真《じゅんしん》な女性に対して、とても失礼なことをしたと思う。だがそんな愚かな嫉妬をさせるロバートに対して、東陽の苛立ちはつのる。

「何で一日中、あいつのことを考えてなければいけないんだ」

会社に戻り、仕事を早々に片付けて、東陽はいつもより早めに帰宅した。黒丸を連れて、少し長めの散歩をすれば、もう少し頭の中がすっきりしてくると思ったのだ。

家に戻り、駐車場に車を入れようとしたら、東陽は家の前に見慣れない犬がいることに気がついた。白いボディに、茶色の尻尾。耳も茶色の短毛種《たんもうしゅ》の犬は、ジャックラッセルテリアだろう。小型犬だが活発な犬で、人懐っこい面もある。

「ノーリードか……。逃げたのかな」

車で轢いては大変だ。そう思って東陽は、わざわざ車を降りて犬の様子を見にいった。するとそのジャックラッセルテリアは、尻尾を振って東陽に近づいてきた。

「どうしたんだ。この辺りじゃ見かけない犬だな。飼い主の車から、飛び出したのか？」

東陽の声が聞こえたのか、屋上から黒丸の声が響いている。真夏の特別暑い時期を除いて、仕事中は屋上の犬舎《けんしゃ》に置いていくのだが、あまりうるさく鳴くようでは近所迷惑だ。

「黒丸、待ってろ。迷子犬だ」

首輪もなく、身元を証明するようなものは何もなかった。東陽が抱き上げようと手を伸ばすと、迷子犬は寄ってきてクンクンと匂いを嗅《か》ぎ始める。

「体の中に、ＧＰＳとか埋め込んであるんじゃないのか？」

近頃では体内に埋め込む追跡装置を、最初から装着して犬猫を販売するペットショップもある。それだとすぐに見つけ出してもらえそうだ。

「よしよし、いい子だ。とりあえず、車道に飛び出さないように、ケージに保護しよう」

すっかりいい人になってしまった東陽は、手を伸ばして抱き上げようとした。途端に迷子犬は牙《きば》を剥き、邪悪《じゃあく》な悪魔《あくま》のような形相《ぎょうそう》になって、東陽に噛みつこうとした。

実家にいた凶暴《きょうぼう》チワワで慣らされていなかったら、危うく東陽は手に噛みつかれていただろう。本能的にすっと体を引いたおかげで、食いつかれることはなかった。

「怖がらなくていい。こんなところをふらふら歩いていたら、車に轢かれてしまうぞ」

毛艶もいいし、痩せ細ってもいない。明らかに飼い犬だ。きっと飼い主は探している。

さっきまで尻尾を振っていたのに、突然牙を剥き、鼻に皺を寄せてウーウー唸りだした迷子犬をどうすべきだろう。ぜひ助けたいが、ここまで拒絶されると、犬馴れした東陽にも手が出せなくなってしまう。

その時、ヒュッと口笛《くちぶえ》が鳴った。すると東陽を威嚇することに必死だった迷子犬は、ぴんっと耳を立てて口笛を確認すると、くるっと体の向きを変えて大急ぎで走り出した。

「何だ、飼い主がいるんじゃないか」

目で追うと、遠くに黒のロングコートと帽子《ぼうし》姿の男の影が見える。

「ノーリードで散歩するなんて、マナー違反じゃないか。しかも謝る気が全くないらしい」

東陽はいつになく腹が立ち、車もまだエンジンを掛けたままで路上にあるから、いっそ後を追いかけて文句を言ってやろうかと思った。

けれどそこまでしては、あまりにも大人げない。ここは静かに見送るべきだろうと、車をガレージに入れた。そして家に向かおうとしたら、玄関に放尿《ほうにょう》されていることに気がついた。

「いくらなんでも、これはないだろう。ルール違反もいいところだ」

水で流さないと、ここが新たな犬達のマーキングスポットになってしまう。東陽は額に手を当て、あーあと大きくため息を吐いた。

「黒丸の散歩が先だ……帰ってからやろう」

黒丸の匂いがしたから、わざとマーキングしていったのだろう。小さな体に似合わない、結構な量の染みになっている。

「猫でさえ、ルールを守れるのに、失礼なやつだ」

猫が来るとなって、東陽はマトリックスのために猫用トイレまで用意したが、ほとんど使われることはない。何とマトリックスは、器用に人間のトイレで用を足すのだ。そういう猫もいるとは聞いていたが、本物を見るとさすがに東陽も驚いた。

ロバートはそのことを自慢したりはしない。ペット自慢をするような男だったら、人間のトイレを使う猫となったら、それこそ盛大に自慢しまくるだろう。

人間が使う様子を見ていて自然と覚えたということだが、あれだけは東陽も素直にマトリックスが特別だと感心していた。

家に入ると真っ先に屋上に向かった。人工芝が敷き詰められた中に、大きな犬舎が置かれている。かなり広さがあって、留守番の間も十分に動き回れるように配慮がされていた。

「黒丸、失礼なやつがいたな。ああいうモラルの低い人間がいるから、ペットを飼う人間が皆同じように非常識だと思われてしまうんだ」

文句を言いながら、黒丸を伴い階下に降りる。そして散歩用のウェアに着替え、いつもより早い東陽の帰宅に大喜びの黒丸を伴って、まだ陽も沈んで間もない夕方の戸外《こがい》に出た。

いつもは行儀のいい黒丸が、外に出た途端に激しく吠えだした。見るとまたもや門の前にあのジャックラッセルテリアがいて、邸内の様子をじっと窺っている。

「おい……さっきの口笛男は、飼い主じゃなかったのか？」

どんな犬でも可愛いと思える東陽だが、この犬だけはどうしても好きになれそうにない。顔つきがどこか陰険《いんけん》そうで、邪悪なものを感じてしまう。

黒丸がギャウギャウ吠えているのに、自分は繋がれていない気楽さからだろう。何倍も大きな黒丸を前にしてびびることもなく、堂々と足を上げてまた門にマーキングの放尿をしていた。

「何なんだ？　この家に恨みでもあるのか」

東陽と黒丸が出て行くと、犬にあるまじきバカにしたような笑みを浮かべて、とことことジャックラッセルテリアは逃げていく。その先には、やはりあの黒いコートの男がいた。憮然《ぶぜん》として東陽は、大股にその男に近づいていく。そして話し掛けようとしたら、相手が外国人だということに気がついた。

外国人となると面倒だ。見た目が白人だからといって、英語が通じるとは限らない。フランス語しか話せないかもしれないし、ロシア語しか分からないかもしれないのだ。

『すいませんが、それはあなたの犬ですか？』

とりあえず英語で話し掛けてみた。すると男は、けだるそうな様子で答える。

『そうですが……』

相手の年齢がよく分からない。髪が銀色なのは、年齢のせいとは限らなかった。帽子と

夕暮れのせいで、瞳の色もはっきりしなかった。

『日本の都市部では、リードを付けるのが普通です。ヨーロッパやアメリカでも、公道ではそれが常識だと思いますが』

『そうなのか？　まだ来たばかりでね。よく知らないんだ』

そう言われてしまうと、東陽にも答えようがない。

『ここは交通量も多いし、そのままでの散歩はあまりお勧めしません。住宅地なので、マーキングにも配慮が欲しいところです』

『……』

そこで男はじっと東陽を見つめ、ジャックラッセルテリアと同じバカにしたような笑顔を見せる。

『猫を飼ったことがあるかね？』

いきなり関係のない質問が飛び出す。東陽は自分の英語力が足りなくて、意味を取り違えたのかと何度も質問内容を疑ってしまった。

『猫ですか？』

『どうして猫は、リードを付けずに歩き回れるんだ？』

『日本でも、猫のリードまでは強制出来ないんですよ』

猫は自由で、犬には自由がないと文句を言っているようだ。けれどそんなことを東陽に言われたところで、どうすることも出来ない。

『猫は自由だから美しいと思うか？』

『……さぁ？　猫は飼ったことがないので』

そこで男は、含みのある笑い方をする。もしかしたらマトリックスが、この男の家で失礼なことをしたのだろうか。それでわざと嫌みのようにして、不満を伝えているのかもしれない。

けれどロバートは、出掛ける時マトリックスを連れていっている。この近所を歩いたのは、黒丸の散歩に同行した時だけだ。東陽が知る限りでは、その間にマトリックスが他人の家にマーキングするなんて失礼な様子は見られなかった。

『猫を飼おうなんて、考えないことだ。忠実な犬がいれば、それで十分だよ』

言いたいことを言うと、男はジャックラッセルテリアを連れて歩き出す。憎たらしいことに、リードに繋がれた黒丸をあざ笑うためか、ジャックラッセルテリアはわざと戻って来ては、周りを走って黒丸を苛立たせる。

同じ道を歩いていたら、いつまでもからかわれそうだ。そこで東陽は、いつもと違う散歩コースへと黒丸を誘導するしかなかった。

「何なんだ、あの男は？　もしかしたら、我が家を監視《かんし》していたのかな？　そんなことされるような覚えはないいんだが」

東陽の身の回りに、危険が全くないとは言えない。何しろ金の集まるところには、悪意のある人間が寄ってくる。東陽が武道に長《た》けているのは、誘拐《ゆうかい》されそうになった時に、自分の身を守れるようにという意味もあったのだ。

だが今回の仕事では、何も揉めるようなことはなかった。店舗の買い取りはスムーズだったし、その後の改装で近隣住民と問題が起こるような懸念《けねん》はない。

それに男は外国人で、どう見てもヤバイ世界の住人の雰囲気はなかった。単なるマナーの悪い愛犬家なのだろう。

さすがに反対の方向まで追ってくるようなことはなく、黒丸もやっと落ち着いて散歩を楽しむことが出来た。

小走りに近い速さで、かなりの距離を歩いた。家が近づいてくる頃には、黒丸の息も上がっている。いい運動をしたと充実感に満たされた東陽だったが、門の前でいきなりタクシーに行く手を遮られた。

中からロバートが下りてきたが、東陽に向かっていきなり文句を言い始めた。

「迎えに来てもらおうと思ったのに、何で先に帰っちゃうんだ」

「タクシーでも、メトロでも使えばいいじゃないか。もう道だって分かるだろ。それに歓迎会は今夜に延びたんじゃなかったのか？」

「歓迎会より、東陽といるほうがいいんだ」

ロバートは恥ずかしげもなく言うと、早速マトリックスをケージから出して自由にしてやる。ところがマトリックスは、門の側に来ると全身の毛を逆立てて、あろうことかジャックラッセルテリアのマーキングの上に、自らもマーキングを重ねてスプレーを振りかけた。

「おい……いったいいつから、こんな躾をするようになったんだ？」

「……」

ロバートも眉を寄せ、信じられないものを見るようにマトリックスを見ている。やはりジャックラッセルテリアにやられた時に、さっさと綺麗にしなかったのがいけなかったただろうか。東陽はため息混じりに、黒丸のリードを外してやって玄関を示した。

「黒丸、ハウスだ。ロバートと家に帰れ。この忙しい時に、門の掃除をしないといけない」

「いいよ、水で洗えばいいんだろ。それくらい俺がやるから」

マトリックスはまだ尻尾を大きく膨《ふく》らませて、フーフー言っている。どうやら東陽同様、ジャックラッセルテリアの無礼な態度が許せないらしい。

「東陽、今夜は迫らないことにした。その代わりに、いっぱい話そう」

「今更、何を話したいんだ？」

「……好きな映画の話とか、子供の頃に経験したこととか。何でもいいよ。俺が急ぎすぎたことは認める。もう一度……スタートラインに立って、ちゃんとお互いのことをわかり合いたい」

そういう面倒なことはしたくない。ロバートのことをどれだけ知ったって、いずれ別れはやってくる。ロスアンゼルス行きの飛行機に乗ってしまったら、ロバートはすぐに東陽のことなど忘れるだろう。

そう思ったけれど、ロバートが生真面目な少年のような顔になっているから、冷たく突き放すことはどうしても出来なかった。

「よければ外で食事するか？」

真剣モードのロバートと何を話したらいいのだろう。二人きりになるのが何となく気まずくて、つい東陽は逃げに出る。

「嫌だ。東陽の作ったものが食べたい」

ロバートはまるでだだっ子のように、思い切り首を振って訴える。

「そうか……分かった」

迫ってくるロバートを持て余していたくせに、真面目モードのロバートを前にして、東陽は何だかどぎまぎしている。自分を落ち着かせるために、東陽は今夜のメニューを考える。他のことでも考えていなければ、ロバートを前にとんでもない失言《しつげん》でもしそうで不安だったのだ。

ガレージからホースを引いて、ロバートは門の汚れをデッキブラシでこすった。マトリックスがあんなおかしな行動を取るのは珍しい。何があったのだと考えているうちに、嫌な記憶が蘇ってきた。

東陽は料理が上手い。今夜もご馳走《ちそう》にありつけるだろう。ロバートは自分で料理などしないから、料理が上手い男を尊敬する。

あの男も料理だけは上手くて、しかも犬を飼っていたなと、思い出したくない相手のことを思い出していた。

「んっ？」

その時、背後に視線を感じた。振り返ると中東の人間らしい男が、どこか挙動不審《きょどうふしん》な様子で歩き去っていくところだった。

盗みに入る家の下見でもしているのだろうか。そんなことを思わせる落ち着きのなさだ。けれどロバートに見られたと知って、それ以上の探索《たんさく》は諦めたのか、そのまま遠ざかっていく。

「まさかな……ここは日本だ」

嫌なことばかり思い出された。

ロバートだって、華やかに人生を楽しんでいるばかりではない。もっと早くに幸せになっていてもいい筈なのに、そうなれなかったのが何よりの証明だ。

最初の日本人の恋人が生きていたら、もっと違った人生が送れたのかもしれない。けれど運命が彼と引き離したのだ。それを受け入れ、新たな幸せを見つけたかったのに、どうしても上手くいかなかった。

東陽となら上手くやれるだろうか。

もう少し東陽が、ロバートに対する情熱を持ってくれたら、あるいは上手くいくかもしれない。そのためには、もっといろいろと話し合う必要がありそうだ。

「時間が必要さ。いっそこのまま日本にいて、こっちで仕事しようかな」

ネットの使える環境なら、もはや居住地《きょじゅうち》はどこでも構わない。必要があれば、いつでも航空機がビジネスシーンに運んでくれるだろう。

東陽がアメリカに来るということは、まずあり得ない。彼には、自分の会社を守るという責務があるからだ。あの東陽が、恋人のために会社も従業員も放り出して、単身、異国に逃げ出すなんて絶対にないのだ。

ではロバート自身、自分の生活に多少の不自由を感じてもいいから、恋人に合わせた生活をしたことがあっただろうか。

はっきり言ってない。

　いつだってロバートは、自分優先、自己中心的な男だった。

　ここで一つ、譲歩したらどうだろう。日本で暮らしたいと東陽に言ったら、より関係は密になるだろうか。

「うーん……」

　ペット用の消臭スプレーを最後に吹きかけて、ロバートは家に戻る。セキュリティシステムのある家だ。門を閉ざしてしまえば、何の心配もなくなる。

「あっ、いい匂いだ。スキヤキ？」

　家に入った途端、醤油《しょうゆ》の焦げる匂いが鼻をつく。

「特別製のＡ５ランクの肉だ」

「まさか、今夜、一人でスキヤキするつもりだった？」

　テーブルにはすでに、鍋の用意がされている。その手際《てぎわ》のよさに、ついそんな疑いを持ってしまった。

「一人で鍋か……たまにはやるけどな。やはり鍋は相手がいたほうがいい」

「そうだね……」

　ほら、やはり東陽も、一人の生活に内心では寂しさを覚えているのだ。

　今なら、ここでずっと暮らしてもいいと、切り出せるかもしれない。そう思ったのに、東陽は鍋の世話で忙しかった。

「スキヤキに生卵使うか？　外国人には、あまり生卵は受けないみたいだが」

「東陽、俺……」

「平気だよ、それより……」

「葱《ねぎ》は深谷《ふかや》のいいものだ。青いところまでおいしく食べられる。スキヤキって、意外に赤ワインでも合うんだ」

どうしてしまったのだろう、東陽にいつもの落ち着きがない。これでは真面目な話をしたくても、ちっとも話にならないだろう。

とりあえずは食べるしかなさそうだ。

「最後にうどんをいれるんだ。スキヤキは味が濃厚《のうこう》だから、キャベツのさっぱり漬け、最後に食べるといい」

「東陽、どうしたんだ？　今夜、何だか変だよ」

「そうか？」

もしかしたら真面目な話し合いから、東陽は逃げたいのかもしれない。そう思うと納得のいく態度だ。

「日本人は、明治になるまで肉食の習慣がなかったんだ」

いきなり東陽は、そこで料理の蘊蓄《うんちく》を語り出す。そうなるとロバートは黙って聞いているしかなくて、自分のことを口にするわけにはいかなくなってしまった。

逃げられたなと思う。だが逃げたい東陽の気持ちも、分からなくもなかった。迂闊なことを口にしたら、東陽は自分で自分を追い詰めてしまうことになる。責任感のある男にはよくあることだ。

急ぐなとロバートは、自分に命じるしかない。猫が物陰に身を潜《ひそ》めて、じっと獲物の動きを追っているように、ここは静かに待つべきなのだ。

二日後には、もうマレーシア行きの飛行機に乗っていた。ビジネスクラスの座席に並んで座り、安全ベルトの装着が解除されると同時に、二人はノートパソコンを取り出す。

ロバートはマックを使用、東陽はウィンドウズ。互いの画面をちらちらと眺めながら、東陽は呟く。

「マックはどうだ？」

「俺には使いやすいよ。日本語のパソコンは苦手だ。どうしてイングリッシュモードにしておかないんだ？」

「……日本人だから」

「ああ、それもそうだな」

東陽はそこで『ブルーバード』の決算報告書を呼び出す。光陽に売りつけるために、利益が出ているように見せかけているが、明らかに粉飾《ふんしょく》決算だ。父はどうしてこうも単純に騙されるのだろうと、東陽は大きくため息を吐く。

その横でロバートは、店舗の設計を続けていた。

「どうしてこう単純に騙されるんだろう。実際の赤字額はこんなものじゃない」

思わず漏れる呟きに、ロバートは思ったままを口にする。

「騙されたふりをするのも、時には必要なんだよ。社長は、たとえこれまでの実績が悪くても、自分なら黒字事業に転換出来ると思ったのさ」

「だが、実際にやるのは本人じゃない。いつでも大騒ぎして何か始めるが、その尻ぬぐいはすべてこっちに回ってくるんだ」

「だけどいい勘《かん》してるじゃないか。これまでそれで失敗しなかったのは、もう野性の勘としかいいようがないよ」

　確かにそうなので、東陽としては黙らざるを得ない。

「サヤカのこと、変に誤解していないか？」

　ぽつんとロバートが呟いたので、東陽は思わず周囲を見回してしまう。静かな飛行機の中でするべき話には思えなかったのだ。

「誤解というか、下心が見え見えなのに、引っかかるのはどうかと思ったんだ。マトリックスを利用して、ロバートと仲良くしたいだけだろって」

「東陽は女性を知らないんだな。サヤカが俺を狙うつもりなら、もっと違うアプローチをするよ。彼女は人間の男より、猫のほうが好きなタイプだ」

　一店舗ずつの収支決算を、年度別に調べていた東陽の手は止まる。

　女を知らないと言われたが、ではロバートはどれだけ女のことを知っているというのだろう。

「やっぱり誤解してたんだ。ジェラシーなんて、東陽がしてくれるとは思わなかったな」

くすっと笑ってロバートは、古びたファミレスを洒落たレストランへと変えていく。横から見ている東陽の目にも、同じ建物なのに無駄なスペースが削られ、スタッフの動線もよくなっていくのがはっきりと分かった。

たいして考えているようには見えないのに、ほんの数センチまでぴたっと決めてしまうのはさすがだ。テーブルや椅子の大きさは各店共通だから、それが予定しただけ収まるのは驚異的《きょういてき》だった。

「彼女は現実を知っている。煩わしい男と暮らすより、物静かな猫のほうがいいのさ」

「そんなものかな……」

二日間、ロバートは迫ってこなかった。ベッドの片側を占拠されたのは相変わらずだが、平和的に眠ることが許されたのだ。

ところがおかしなもので、迫ってこないと何か拍子抜《ひょうしぬ》けしたような気がする。隙あればボールを咥えてきて、投げてくれませんかと示す犬が、目の前にボールがあっても無関心な時に似ていた。

本当は遊びたいんだろうと、つい、こちらから投げてやってしまったりする。そうなると本格的に遊んでやることになるから、最初から無視すればいいのにと後悔することになるのだ。

幸い、ロバートに対してボールを投げるようなことはしなかった。

けれどロバートが、実はとても飽きっぽくて、すでに他に関心を向けているような気がしてきて困っていた。

父と同じようにはなりたくない。情に流されて、余計な苦労を背負い込んでいる。情なんてものは、昭和の時代で廃《すた》れた筈だ。そう思ってクールに構えていたいのに、どうやら三日以上の居候をした猫に、情が移ってしまったらしい。

この気持ちは何だろう。人情なんて古びたものとは違う。かといって愛情と呼べるほどの付き合いはまだしていない。恋情なんてロマンチックなものとは大違いだし、欲情しているとは思いたくもない。

飼い主は、自分が一番愛されていると思うものだ。それと同じように、ロバートには東陽だけを見ていて欲しいなどと思い始めたのだろうか。

そうなると厄介だ。この浮気者の猫は、誰に対しても愛想がいいし、どこに身を置いても平然としている。黒丸のように、二日も東陽の姿が見えなかったら、食事もしなくなるほどの忠誠心なんて、欠片も持っていないだろう。

「数字ばかり見ているから、そんな暗い顔になるんだ。楽しいことでも考えたら？」

ロバートはそれとなく東陽の太股《ふともも》を撫でる。さりげない動きに、東陽は危なく発情しそうになってしまった。

やはりスポーツと同じだ。毎日、するようになると、体はそれをしないことでストレスを感じ始める。これまでは聖職者のように静かに暮らしていたのに、ロバートの誘いに簡単に乗ってしまったことを、今更のように東陽は後悔していた。

「ロスはどうだ？　魅力的な街なんだろう？」

いきなり東陽は話題を変える。

そうだ、仕事が終わればロバートはロスに帰る。そのことを思い出せば、もう余計なことばかり考えてイライラすることはなくなるのだ。

「そうだな。だけど東京ほど刺激的じゃない。これが片付いたら、東京の新しい店を見て回りたいな。日本はハード部分も先進的で素晴らしいけど、ソフトの面では世界一だ。ユーモアは足りないけれど、スタッフはよく気がつくし、どの店も衛生面に気を付けている。俺は顧客に、そのことをよく例として説明しているんだ」

「えっ？　日本に、そんなによく来てるのか？」

「言わなかった？　グランパの家には、子供の頃からよく行っていたよ。今はもう引退しているけど、グランパは元々設計士なんだ」

「日本語が上手いのは、最初に付き合った男のせいじゃなかったのか？」

そこを突っ込むと、ロバートは綺麗な歯を見せて笑った。

「経営面ではシビアで騙されないのに、東陽は恋愛面では素人だな。確かに、日本人と付き合っていたのは事実だけど、それを最初に切り出したのは、東陽の気を惹くためのテクニックさ」

「……」

「日本人が好きだっていうイメージを持たせれば、その後がスムーズにいくだろ。実際に上手くいったんだけどさ」

上手く乗せられたということなのだろうか。

やはり父に似て、東陽も相手の手口を見抜けないお人好しらしい。

「爆死も嘘なのか？」

「そこまで酷い嘘吐きじゃない。彼を愛していたのも事実さ。俺のことがそんなに気になる？」

ロバートの手は、そのまま自然と東陽の股間に伸びてくる。いくら隣席との間に余裕のあるビジネスクラスとはいえ、人に見られたら大変だと、東陽は慌てて邪険にその手を払った。

「仕事をしよう」

「……そうだな」

けれど東陽は、スムーズに仕事に戻れなかった。数字はちっとも頭に入らず、いつもなら簡単に出来る暗算にすら手こずっている。

ロバートは順調に仕事をこなし、すぐに次の店舗へと進めていた。これは簡単なラフで、戻ってからすべて仕上げると言っていたが、それにしても淀みない。

東陽は自分のメンタル面での弱さに、改めて辟易《へきえき》していた。これだから恋愛沙汰《ざた》は苦手なのだ。感情に引きずられたくないと思えば思うほど、こんな無様《ぶざま》な自分をさらけ出してしまう。

「グランパは、俺が日本人になってもいいって言ってるんだ」

「何だ、いきなり……」

「今は熱海《あたみ》に住んでる。グランマが亡くなってから、ずっと一人で可愛そうなんだよ。パパはほとんど日本に戻らないし」

「だから、何でそんな話をしてるんだ」

もう東陽にも分かっている。東陽が望むなら、ロバートは日本で暮らしてもいいと、それとなく伝えているのだ。

「別に……」

「仕事はどうするつもりだ」

「今だって、世界中を飛び回ってる。ネットが普及《ふきゅう》しているところなら、どこで暮らそうとそんなに変わらない」

だったらずっと日本にいてくれ。そしてこのもやもやした思いをすっきりさせ、安心して二人の関係を続けられるようにしてくれ。

そう言えればいいのに、東陽は何の表情も浮かべずに、無意味な数字を読み続ける。ついにロバートも諦めたのか、その後は静かにパソコンの画面に集中していた。

交渉はスムーズに進んだ。笑顔を浮かべながら、何かと理由を付けては発送を遅らせようとする業者に対して、ロバートはとても厳しい態度で臨《のぞ》んだ。その交渉術は巧みで、東陽はただその横で見守っているしかなかった。

今にも殴り合いになりそうなほどヒートアップしたのに、最後は笑顔で盛大にハグしている。東陽は納入前に半金、荷物が届いたら残りの半金を支払うという書面にサインをし、小切手を切るだけだった。

ただ設計をしているだけじゃない。営業力も身につけているロバートが、やはり羨ましい。東陽の心に、こんなロバートがいつでも側にいてくれたらという思いが、ふっと浮かんでいた。

一泊で帰れるというのは、まさに理想的だ。今夜はホテルに泊まり、明日の飛行機で帰ればいいだけだ。時差はそんなにない国だから、体調も崩れることなく快適だった。

ところがホテルに入り、部屋を教えられて東陽は困惑した。

「予約した部屋と違う。シングルが2ルームだ」

なのに予約では、スイートルームになっている。

「いいんだ……俺が裏から手を回した」

さらっとロバートに言われて、東陽は固まる。

「飛行機はビジネスクラスを用意した。それだけでも譲歩だ。なのにホテルまで……交渉のおかげで、資材が予定より安く購入出来たのは認めるが、こんな贅沢をしていたら予算オーバーになる」

「そんなにカリカリするな。ここのホテル代は、俺が払うよ。せっかく来たのに、楽しまないと損だろ」

ロバートは鍵を受け取ると、サンキューと言ってさっさと歩き出す。すでにこのホテルを利用したことがあるのか、慣れた様子でエレベーターに向かっていた。

「遊びに来たわけじゃないだろ。せいぜい食事を楽しむくらいだ。明日の朝には、飛行場に向かわないといけないのに」

ベルボーイが、慌ててカートを押して後を追いかけてくる。どうにか追いつき、ロバートとタッチの差でエレベーターのボタンを押した。いかにも高額なチップを払ってくれそうに見えたせいか、ベルボーイはとても愛想がいい。

東陽はぶすっとした顔で、それでもエレベーターに乗り込んだ。するとロバートは、東陽を無視してベルボーイと親しげに話し出す。エレベーターは最上階までいって、やっと止まった。それだけいい部屋ということだ。

ロバートのかつての恋人達は、こんな贅沢を当然のようにさせていたのだろうか。

価値観が違う。やはりこの男との関係を続けるなんて無理なのだ。そんな気になってくる。

室内に入ると、リビングスペースは広々としていて、確かにいかにも快適そうだ。テーブルの上には南国のフルーツがたっぷり盛られたバスケットが置かれ、しかもシャンパンまで用意されていた。

ホテル支配人のサイン入りカードには、ロバートと東陽の名前が入っている。それを手にして読んでいる間に、どうやらロバートはたっぷりのチップを、ベルボーイに渡したらしい。

「シャンパンにフルーツ、あれ、プチフールがないな」

そこでロバートは冷蔵庫を開き、中からガラス製の洒落たトレイを取り出す。そこにはおもちゃのように華やかな、小さなケーキがいくつも盛られていた。

「実はスイーツも好きなんだ」

すぐにソファに座り込んだロバートは、手でプチフールをつまんで食べ始める。

「それ以外に、あのフルーツをすべて今夜中に食べるつもりか？」

「何をそんなに怒ってるんだ。俺は仕事でそれなりにセレブとも知り合いだから、こういう部屋でもすぐに利用できるんだよ」

「どんな手でリザーブしたかが問題じゃない。無駄なことをするからだ」

「無駄？　これが？　これが？　俺達、知り合ったばかりだろ。これからたくさん思い出を作っていくにしても、これが最初だ。素晴らしい思い出の夜にしてもいいじゃないか」

「そこまで続ける気はない。価値観の相違《そうい》が大きすぎる。上手くいく筈がない」

冷たく東陽が言ってしまうと、ロバートの動きがすべて止まった。プチフールを喉に詰まらせたのかと思って、東陽はミネラルウォーターの口を開き、グラスに注いでロバートの前に置いた。

そしてロバートが泣いていることに気がついた。

どうせまた東陽の気を惹くために、大げさに芝居《しばい》をしているのだろう。そう思って無視しようと思ったが、本気で泣いているように見えてしまう。

「男はそんなことで泣くもんじゃない……」

「そんなこと？　東陽にとってはそんなことなのか。俺にとっては、とても大切なことだよ。どうしてそんなに俺を嫌うんだ？　俺は東陽のことが、好きでたまらない。知り合ったばかりだけれど、そんなこと関係ないだろ」

真っ白なナプキンを引き寄せ、ロバートは涙で濡れた顔を拭った。東陽はそれよりこちらのほうがいいとばかりに、ティッシュの箱を突きつける。

「家に戻れば、また東陽は忙しくなる。掃除をしないといられないし、料理もしないといられない。ゆっくりと話をする時間はベッドの中だけなのに、セックスしたらすぐに背中を向けて寝てしまうし、セックスしなけりゃしないで、話さずに寝てしまう」

「……」

「二人きりの時間を楽しみたいから、これは俺からのプレゼントなんだ。何で、どうして、これを素直に喜んでくれないんだ」

ロバートの言うことを聞いていると、なるほどと納得出来てしまう。東陽は、自分が実に気の利かない、残酷なことを言ってしまったのだと反省した。

「すまなかった。もう泣くな。ロバートはどういう教育を受けたのか知らないが、男はそう簡単に泣いたりするもんじゃない」

ソファに座ると東陽は、ロバートの肩に手を置いて優しく叩く。

「私を好きになってくれたのは嬉しいが、犬と猫くらい私達は違う。このまま付き合っていっても、上手くいくという保証はないんだし、深入りしすぎないうちに……」

「黒丸を飼った時にも、同じこと言ったのか？」

涙に濡れた顔を向けながら、ロバートは訴える。

「人と犬くらい、私達は違う。このまま一緒に暮らしても、上手くいかないかもしれないと、黒丸にも言った？」

「言うわけないだろ」

「だけど上手くいったじゃないか。黒丸は犬で、東陽は人間だ。俺とマトリックスだって上手くいってる。犬や猫にだって、相性はあるだろ。人間も同じじゃないか。試してみて、そして努力して、それでもどうしても駄目なら、諦めればいいんだ。俺は努力してるぞ」

その結果が、このスイートルームということなのだろう。東陽はプチフールをつまみ、一つ口に入れる。甘いものはあまり好きではないが、今日に限ってなぜかとてもおいしく感じられた。

「東陽にとって、俺は努力するに値しない、つまらない相手なのか？　嫌いなところとかあるなら言ってくれ。直すように努力するから」

「逆だ……そこまでしてもらうほどの価値が、私にはない」

「それも逆だよ。価値がないって、どういうこと？　そんな価値もない男に、本気になってる俺がバカ？　俺の仕事を見ているだろう？　俺は一流が何か知っているつもりだ。その俺が、東陽がいいと言ってるのに、何言ってるんだ？」

「……もういい……分かった」

本当はまだまだロバートという人間が分からない。けれど東陽は、ロバートを抱き寄せて唇を重ねていた。

東陽が見失った情熱を、すべてロバートが奪っていってしまったようだ。だからロバートから、少しでも情熱を奪って自分のものにしなければいけない。そうしないと二人の心のバランスはずっと崩れたままだ。

「分かってくれた？」

唇が離れると、ロバートは蠱惑的《こわくてき》な笑みを浮かべて訊ねてくる。

「ああ、ロバートの情熱に押されっぱなしだというのが、これでよく分かった」

「勝ち負けじゃないんだ、東陽。情熱の量なんだよ。でもやっぱり東陽とは、量が違っているみたいだな。東陽はまだ完全に膨らんでない。俺は……今にも破裂しそうなほど膨らんでいる」

ロバートの手が、優しく東陽の股間をさすりだす。

「いつでも俺は爆発寸前……だけど東陽は時間が掛かる」

「その前に食事をしよう。シャンパンが冷えてる。ルームサービスでいいか？　せっかくのいい部屋だ。眺めもいいし……」

「そういうことなんだよ。レストランやバーに行ってる時間がもったいないだろ。だからスイートルームなんだ。南国らしいメニューを頼もう。だけどあまり辛いのはパス」

結局、上手く丸め込まれたようだが、東陽はほっとしていた。

泣かれるなんて想定外だ。たとえ芝居だとしても、ロバートの泣き顔なんて見たくない。

東陽が涙に弱いなんて知られるのも癪《しゃく》だが、事実だからしようがなかった。

作戦は大成功と言えるだろう。東陽は突然、とても優しいパートナーに変身した。やはり父親に似て、東陽も泣き落としに実は弱いのだ。

バスタブをソープで泡だらけにして、ロバートはゆっくりと入浴を楽しむ。

シャンパンの他に赤ワインを一本空けた。東陽の作った料理ほど旨くはないが、スパイスのほどよく効いたエスニック料理はおいしくて、ロバートはとても満足している。

「涙が……あんなに簡単に効くとはな……」

ロバートは手の中で作った泡を吹き飛ばしながら、いつになく反省している。

「やり過ぎたか？　フェアじゃなかった」

いつもクールな東陽が、涙を見せた途端におろおろし始めた。泣くなんて女の得意技だが、男がやっても効果はある。泣かれて嫌がる男もいるが、東陽は弱った相手にはとても優しくなるのが分かっていた。

「でもいい感じになってきた。今夜なら……東陽のバックバージンを奪えるかな」

ロバートはまだ懲《こ》りていない。何があっても、東陽を奪いたいと思っているのだ。二日間大人しくしていたから、東陽もそろそろ下半身の落ち着きをなくしている頃だろう。

今夜は燃える筈だ。その勢いに乗って、一気に奪ってしまいたかった。

けれど暴挙に出た後、東陽がどう変わるかが分からない。お互いに口でするまでにはなったが、だからといって最後の砦《とりで》まで許すだろうか。それをきっかけに、もう泣いても喚《わめ》いても、ロバートを寄せ付けなくなってしまうかもしれない。

「噛みつく犬や、引っ掻く猫は嫌われるか……」

バスタブから出ると、ロバートはシャワーの下に立った。そして頭から熱い湯を浴びて、全身から泡を落とした。

バスタオルで水滴を拭うと、バスローブを羽織ってベッドルームに戻る。ベッドルームの窓からは、素晴らしい夜景が目に入った。

「ベッドが一つじゃないか……」

東陽が椅子に座ったままで文句を言っている。普通サイズのベッドなら、四つ並べたくらいの大きさのベッドだった。

「ベルボーイもフロントも、このベッドで男二人が寝ることを知ってたんだな……」

どうやらそれも気にくわないらしい。

「いいじゃないか。どこがまずいんだ。スイートルームを男二人で予約したら、ゲイだっていうのはバレバレだろ」

「私には、まだその自覚がないんだが？」

「あまりうるさいことは言わない、考えない。楽しもうよ、東陽。ベッドは広いし、窓からの夜景は実にドラマチックだ」

　バスローブのまま、そろそろとベッドに這い上がる。そして東陽を誘った。

「こっちにおいでよ。まさか一晩中、その格好で椅子に座ってるつもり？」

　東陽だって同じようにバスローブ姿だ。つまりやる気はあるということだろう。だったら遠慮などしなくていいのに、いつもこうやって構えてしまうのは悪い癖だ。

「また騙されたみたいだな。泣き落としか？　いつもそんな手で、相手を弄《もてあそ》ぶんだ？」

「泣き落とし？　感情が豊かだって言って欲しいな」

　ベッドに近づいてきた東陽は、手前で一気にバスローブを脱ぎ捨てる。その下が全裸だったので、ロバートはどきっとしてしまった。

　しかもすでに東陽は興奮している。興奮する自分を恥ずかしがったり、斜《しゃ》に構えたりするけれど、やはり東陽も男だ。やりたいという気持ちはしっかりとあって、それに添って体も反応している。

　東陽が乗ってくると、キングサイズのベッドも微かに沈む。ロバートはバスローブの紐《ひも》をゆっくりと解《ほど》きながら、ひたすらチャンスを待った。

　手の自由を奪ったら、さすがの東陽も抵抗出来ないだろう。ロバートは巧みに東陽に抱き付き、キスを誘いながらバスローブを脱いでいく。そして手にした紐で、難なく東陽の両手を縛った。

「変わったことをしたがるんだな」

「ああ……こういうのも、一度覚えるとはまるもんだよ」

そのまま東陽を押し倒し、その上に馬乗りになる。

ついにやったとロバートは喜んだが、東陽には焦る様子が全くない。

「なぁ、他にもロバートを押し倒した相手はいなかったのか？」

「押し倒そうとした男ならいたよ。何人もね。だが、押し倒せたのは東陽だけだ。スタンスが違うからって、そうなる前に逃げ出した」

「よく逃げ出せたな」

「そんなに簡単には捕まらないさ」

そう言っているうちに、気がついたら東陽は起き上がり、縛られた腕をロバートの体に上からすぽっと填《は》めてしまった。もちろん体まですんなりとは入らないから、ロバートは首を押さえられた形になっている。

「あっ？　あれっ？」

「簡単に捕まらない？　隙だらけだ」

「あっ、キ、キスするにはいい距離だけど……」

「そうだな。それじゃ、キスしながら、ついでに自分で何もかもやってもらおうか」

「無理だ。これじゃ、俺が東陽の上に跨ってるままだ」

これでは東陽のバックを狙えない。けれど少し腰を浮かせば、東陽のものを導き入れることは簡単に出来る。

「こういう体位は初めてか？」

「……クイーンになったことはないよ」

ロバートは憮然として答えた。

なぜこうも簡単に躱《かわ》されてしまうのか。東陽が武道の達人だということが、ここで改めて分かってしまった。押さえ込まれても、縛られても、東陽にとってはたいしたことではないのだろう。

「せっかくのスイートルームだ。楽しもうと言ったのは、そっちだぞ。その気がないんなら、私はリビングのソファで寝るが」

「じょ、冗談だろ。この体勢で、どうしろっていうんだっ」

「座位も知らないのか？」

「……東陽……ストイックに見えるけど……もしかして、バリバリ？　好き者なの？」

東陽は表情一つ変えない。目の前にあるその顔は、口元が微かに上がっているだけだ。

「体位の研究でもしてる？」

「そういう趣味はない。それよりロバート、どうにかしてくれ。こっちはすっかりその気になってるんだが」

この体勢になったら、自ら東陽のものをそこに入れて腰を振ることになる。キングとしては実に屈辱的な体位だった。

けれどしっかり首を抱きかかえられているので、どうすることも出来ない。

「縛ったりして悪かった……解くよ。もう解くから、もう少し違う形でやらないか？」

「一度覚えると、はまるんだろ？」

どうしても優位になってしまった東陽には逆らえない。ロバートは身動きも出来ず、下半身に当たる東陽の硬いものを感じていた。

「どうしたんだ。いつもなら積極的にキスしてくるのに、ケージに押し込められた猫みたいじゃないか」

まさにそんな心境《しんきょう》だった。過去にも不本意な相手に、無理矢理部屋に閉じこめられそうになったことがある。その時は、四階の窓から裸足《はだし》で外に逃げ出した。

今はそこまでの嫌悪感はない。東陽のことは好きだし、楽しみたい気持ちは大いにあるのだが、この体勢がいけない。

「何で、そんなに立ち位置に拘るんだ？」

「それは東陽も同じじゃないかっ」

体は密着しているし、その部分にも東陽のものの先端が時折当たるから、ロバートも自然とおかしな気分になってしまう。

「んっ……んん」

思わず声が出てしまった。すると東陽は、巧みに下からその部分を狙ってきて、入り口を先端でこすり始めた。

「あっ……」

「拘るのは当然だろ。こっちの位置でしか、やったことがないんだからな」

そのまま東陽は顔を近づけてきて、少し強引にキスをしてくる。いつもより積極的なキスに、ロバートの体から力が抜けていった。

「駄目だ、東陽。これじゃヒキョーだぞ」

「卑怯な手を考えつくのは、いつだってロバートだろ」

「こんな格好でいつまでいる気だ」

「ロバートが、やるべきことをやればいいだけだ」

「んっ……」

自分はマゾじゃない筈だ。誇り高き自由な猫は、命令に嬉々として従う犬とは違う。そう思っていたのに、どうしても東陽には逆らえない。いつしかロバートは腰を浮かし、そろそろと東陽のものを自分の体内へと導いていた。

「そうだ……出来るじゃないか」

再びキスになる。あまりにも密着しているから、興奮したロバートのものの先端が、東陽の体に嫌でもぶつかる。

　これを本当は入れる筈だった。なのにまたもや東陽に入れられている。だが、何度もそうされているうちに、ロバートは自分が本当にキングだったのかと疑問に思えてきた。

「あっ……」

「勃《た》ってるじゃないか。触ってあげたいが、手がこんな状態だからな」

「んんっ……」

　縛ってはいるが、簡単に解ける筈だ。武道の達人じゃなくても、凄腕《すごうで》マジシャンじゃなくても、少し手をひねれば簡単に外せる。なのに東陽は、わざとそのままにして楽しんでいるとしか思えない。

「東陽だって本当はセックスが好きなんだろ？　俺みたいに、正直になればいいのに」

「そうだな……だが、ロバートほどじゃない。好みのタイプだったら、会ってすぐにベッドに誘うなんて、私には出来ないな」

「誘いには乗ったじゃないか」

「ああ、乗ったが、乗らなかったほうがよかったのか？」

　乗ってくれなければ、今頃、こんな快感で苦しむことなんてなかった。そういえば、ロバートは本当はクイーンだと言った男がいる。そして無理矢理、ロバートを犯そうとした。結果は四階の窓から、まるでスパイダーマンのような荒技《あらわざ》で逃げ出す結果になったのだ。

あの男が今のロバートの姿を見たら、ほら、言ったとおりだと笑うだろうか。

笑うだろう。笑われて当然だ。キングのプライドもどこへやら、ロバートは東陽のものを埋め込まれて、快感に全身を震わせているのだから。

「あっ……あ、そこは……まずい」

「どこがまずいって？　食べて欲しいのか？」

そう言うと東陽は、ロバートの耳を甘く噛んだ。

「な、何で、そんなことまでするんだ。ストイックに見せかけて、とんでもない……やっ」

「んっ……食べて欲しいんだろ」

さらに首筋を舐められ、強く吸われた。そんなことされたことなど何度もあるのに、ロバートは自分を見失いそうなほど興奮していた。

「あっ……」

東陽はこつを掴んだのだろう。下から巧みにぐっぐっと突き上げてくる。するとロバートの体の奥で、電流がビリビリと流れていくような感覚があった。

「んっ……あっ……ああ」

これまでは他の男に与えるばかりだった快感を、こうしてロバートは東陽によって新たに教えられていく。

男達がロバートを求めた筈だ。こんな素晴らしいことをしてくれる相手が、色男のうえに優しくて、甘い言葉も日々囁いてくれたりしたら、夢中になってしまうのが今ならよく分かる。

なのに相手が夢中になると、途端にロバートは身を翻《ひるがえ》して逃げていく。今思えば、残酷なことをしてきたものだ。

「あっ、ああ……」

「もっと動けよ」

「だって……」

動こうとしたその時、ロバートはもう東陽の手が自由になっていることを知った。東陽はその腕をロバートの腰に回し、さらに強く支えて下から突き上げている。

「ほ、解けるんじゃないか……」

「その程度の強さに縛ったんだろ？　ロバートだって、本当はこうされるのが好きなんだ」

「そんなこと……」

ないとはもう言えなかった。

やはりこの快感は癖になる。体は素直に喜んでいるのに、納得しないのは男のプライドだけだ。

「いつか……東陽にも、教えてやる。こっちのよさも……経験したほうがいい」

「いつか？　そうだな、いつか……」

けれどそんな日は、永遠に来ないような予感がしていた。

帰国するとすぐに東陽は、マトリックスを預けたサヤカの家に車を走らせた。ロバートは機内でもずっと仕事をしていたので、眠そうに窓にもたれ掛かって目を閉じている。

羽田からの高速は渋滞《じゅうたい》していて、思ったよりも進まない。ロバートはマトリックスに早く会いたいだろうと、東陽は一人で気を揉んでいた。

やっと渋滞を抜けて、高速を下りることが出来た。疲れて帰ってきた時、気軽に寄れて食事や飲み物が提供されるファミレスは、とても有り難く感じるだろうなと、ふと東陽は思った。

ドライブ中ぐずっていた子供達も機嫌を直し、母親は帰ってから料理をする手間が省ける。いつもは帰宅時間が遅くて、一緒に食事も出来ない父親は、ゆったりと家族達との時間を楽しめるだろう。

それはかつての日本社会が、理想の家族像として描いたものだ。今は時代も変わってしまい、ファミレスでの一家団欒《だんらん》というのは、少なくなってきている。けれど全く求められなくなったわけではない。

以前の経営者は、新しいものを作っていくことが出来なかった。新しい団欒の場として、進化させていく情熱を失ったのだ。

東陽は父からすべてを受け継いだ時に、どれだけ情熱を傾けられるか考える。どこか冷めた気持ちでいたが、やはりそれではいけないだろう。ただ真面目に取り組めばいいというものではない。どこかに楽しむ気持ちがなければ、いい仕事は出来ないものだ。

そんなふうに考えるようになったのは、ロバートの影響だ。仕事をしながらも、本気になって恋愛をし、毎日を楽しんでいる。たまには東陽の好きな、落ち着いた時間を共有したいとも思うが、眠っている時以外は、いつだってロバートは何かしていたがるから無理だろう。

「そろそろ着くぞ」

何だろう、自分の飼い猫でもないのに、東陽はマトリックスを迎えに行くのに、わくわくした気分になっていた。たった一日離れていただけでも、黒丸は最大限の喜びを示して迎えてくれる。

クールなマトリックスはどうだろう。優雅に長い尻尾を振り回して、ロバートを出迎えるのだろうか。それともいなかった時間のことなど忘れて、何事もなかったかのように、ロバートの肩に飛び乗るのかもしれない。

二人はサヤカの住むマンションの入り口に立ち、部屋番号のインターフォンを押す。しばらくすると、サヤカが『はい』と小さな声で答えた。

「マトリックスを預かってくれてありがとう。迎えに来たよ」

　ロバートが明るい声で言うと、しばらく沈黙が続いた後で、いきなりサヤカが泣き出した。

『ごめんなさい。さっき家の前で盗まれちゃったんです』

「えっ？」

　思ってもいなかったことだった。あんなに熱心に預かりたがっていたのに、こともあろうに盗まれてしまったというのか。

「そっちに行ってもいいかな？」

　オートロック式のドアだ。東陽はサヤカに頼み、入り口が開かれるのを待った。すぐにロックが外され、自動ドアが開く。二人は急いでエレベーターホールに向かった。

「人間が通り抜けするには不自由だが、猫ならどこでも行けるからな。上手く逃げられたかもしれない」

　いったい何があったというのだ。まだ近くにいるかもしれないと思って東陽は、猫が隠れていそうな場所を探して進む。ロバートは余程ショックだったのか、ぼんやりしていた。

「大丈夫だ。心配しなくても、きっとこの近くにいるさ」

　けれど人懐っこい猫だから、盗まれてすぐに誰かに売られ、そのまま飼われてしまっていないかが心配だ。猫をよく知る人なら、血統書《けっとうしょ》付きのアビシニアンだと分かるだろう。都心では猫や小型犬の盗難《とうなん》が頻発《ひんぱつ》している。そこまで考慮《こうりょ》しなかったことを、東陽は反省するしかなかった。

まだ外をふらふらしていても、ここがどこかマトリックスには分からない。初めて招待されたサヤカの家だから、匂いもまだあまり付いていなくて、帰りたくても帰れないのだ。時刻は夕方になっていた。すでに暗くなった戸外では、小さな猫はますます見つけにくい。マンション内には隠れるところがなく、そこをうろついていれば、すぐに東陽達の声が聞こえるだろう。声がすれば近寄って来る筈だ。

ところがサヤカの部屋を訪れると、事態はもっと深刻なのが分かった。

「さっき事務所から帰って来たら、マンションの前でいきなり犬に噛みつかれたんです。それでキャリーバッグを落としたら、男の人が拾い上げて、そのまま走っていっちゃったんです。追いかけたんですけど、見つけられなくて。本当にごめんなさい」

目を真っ赤に泣きはらしたサヤカを見て、東陽はどうしたものかと悩む。ここで叱ったところで、マトリックスが戻ってくる訳ではないのだ。

しかもサヤカの腕には、犬に噛まれた痛々しい傷跡が残っていた。襲われてまだ間もないのだろう。はっきりとした歯形が残っていて、血が滲んでいる。

「ロバート、お詫びにアビシニアン、買ってお返しします。警察にも今、通報したけど、猫や犬の盗難は見つけるのが難しいって言われちゃって」

サヤカはそこでまた泣きだし、苦しそうな嗚咽《おえつ》を漏らした。

「いや、いいよ。あれはアビシニアンじゃなくて、マトリックスなんだ。この世に、同じもの同じ猫は二匹といない」

それだけ言うと、ロバートは視線を宙《ちゅう》に彷徨《さまよ》わせる。

「警察には届けたのか……すぐに捜査《そうさ》してくれるって？」

「保健所にも連絡するように言われました……今から、警察官が来てくれるそうです」

「そう……そうか」

こんなことになるのなら、ケージに閉じこめられてもペットホテルを使えばよかったと悔やまれる。

「犬に噛まれたって、病院には行ったのか？　どんな犬だった？」

東陽はそっちのほうも心配だった。日本から狂犬病《きょうけんびょう》は消えたが、だからといって簡単に考えてはいけない。化膿《かのう》すれば面倒なことになる。

「小さな白っぽい犬でした。頭のところと、尻尾だけ茶色で」

そこでロバートは、いきなり東陽の腕をぎゅっと掴んできた。

「白っぽい犬……マトリックスとそんなに大きさが変わらないくらい？」

ぼんやりしていたロバートは、いきなり正気付いたようだ。サヤカの話を聞いて、東陽も何かもやもやしたものを感じ、思わず訊いてしまった。

「もしかしてその男、髪の白っぽい外国人じゃなかった？」

「黒いコートと帽子しか、私には見えなかったんです。もの凄く足が速くて、私、ヒールだったから、すぐに脱いで追いかけたんですけど」

犬に噛まれながらも、ヒールを脱いで素足《すあし》で追いかけたサヤカは賞賛《しょうさん》されるべきだろう。

その様子を想像していた東陽は、再び強くロバートに腕を握られていた。

「何で東陽が、その男のことを知ってるんだ？」

「凶悪なジャックラッセルテリアを連れていた男なら知ってる。だけどその男を見たのは、家の前だぞ……」

何となくだが、事情が飲み込めてきた。あの男は、東陽の家にマトリックスとその飼い主がいることを知っていて、様子を見に訪れたのではないだろうか。マトリックスもあの凶暴なジャックラッセルテリアを知っているから、特別な警戒心で滅多にしないマーキングなどしてしまったのだ。

「ロバート、心当たりがあるんだな」

東陽が訊ねると、ロバートは顔をしかめた。

「ああ……しつこく俺を追い回している男だ。俺だって、誰でもいいわけじゃないってことが、これでよく分かっただろ」

「つまり……振ったのか？」

「それほど付き合ってもいないから、振ったたっていうより、敵前逃亡《てきぜんとうぼう》だ」

相手が分かっているなら探しやすい。ほっとしたけれど、では彼がどこにいるのかとなると、見当がつかなかった。都内には何軒もホテルがあるし、ウィークリーマンションまで含めたら、どれだけの数になるか分からない。

「警察を頼るしかなさそうだ。ロバート、元気出せ。何があっても見つけ出すから」

肩に手を置いて、優しく言う。それしか今の東陽にしてあげられることはない。

「わざとどこかにマトリックスを捨てたかもしれない。そうしたら……どうすればいいんだろう」

マトリックスは利口な猫だから、上手く逃げ出して迷子になっても、車に撥《は》ねられる心配は少ないと思うが、万が一ということもある。そうなると保健所に確認することになるだろう。近所の動物病院やペットショップに張り紙をしてなどと、東陽は際限《さいげん》なく考えていたが、ふと名案《めいあん》が浮かんだ。

「ロバート、一度帰ろう。そして黒丸を連れてくる。黒丸だったら、マトリックスを見つけられるかもしれない。あの凶暴なジャックラッセルテリアの匂いを追わせるんだ」

警察犬の訓練は受けていないが、動物の嗅覚《きゅうかく》は鋭《するど》い。あるいはマトリックスも、黒丸の匂いがすれば出てくるかもしれない。

「サヤカさんに、相手の男の名前と国籍を教えていけ。サヤカさん、警察が来たら、私の携帯に電話してくれて構わないから。それから、すぐに病院に行ったほうがいい。犬に噛まれると、雑菌《ざっきん》で化膿するかもしれないから」

「あの……マトリックスが狙われていたってことなんですか？」

事態のよく飲み込めないサヤカは、二人を見比べて訊ねてくる。

「そういうことだ……。俺が日本に来たから、しつこく追いかけて来たんだろ。ロスだと知り合いが多いし、俺が追い回されていたのをみんな知ってるから、なかなか手が出せない。日本なら大丈夫だと思ったのさ」

自嘲《じちょう》気味に言うロバートの唇が震えている。どんな卑劣な手を使ってでも、ロバートにダメージを与えようと考える男がいることが驚きだが、ストーカーに追われて苦しむのは女性ばかりとは限らないのだ。

警察への応対はサヤカに頼んで、東陽は再び車へと戻った。

「さっ、車に乗って」

ロバートはすっかり放心《ほうしん》状態だった。その背を押して、無理矢理車に押し込む。

黒丸を迎えにいかないといけない。きっと実家では、食事の用意などしてロバートを歓迎するつもりだろう。そこで事情を説明したら、あの両親のことだ。余計に騒ぎを大きくしそうで、それも面倒になってくる。

「ロバート、家に帰っているか？　もしかしたらマトリックスが、戻って来るかもしれないし」

何年も飼っている猫なら可能だが、まだほんの数日しかあの家で暮らしていない。奇跡は起こらないだろうと思ったが、それしか思いつかなかった。

「ああ、そうだな。家で待ってるよ」

抑揚《よくよう》のない声でロバートは答える。本当は泣きたいのではないだろうか。だがロバートは、泣く姿を見られたくはないだろう。そんなところまで、つい東陽は気遣ってしまう。

「追われているなら、相談してくれればよかったのに。それだったら、門にあのジャックラッセルテリアがマーキングした時点で、警戒態勢に入ったんだが」

言いたくはないが、運転中につい残酷なことを口走ってしまった。

「だって東陽は、俺のことになんて興味がなさそうだったじゃないか。ベッドに入れば、すぐに眠ってしまうし。俺は、いろいろと話したいことが山ほどあった。あの男のことだって、本当は相談したかったんだ」

それを言われると、東陽も心底すまないと思う。けれどそこまで立ち入ったことを聞く程の関係だとは、まだ思っていなかったのだ。

「ジゴージトクだっていうのは分かってるよ。年は四十越えてたけど、先祖《せんぞ》は伯爵《はくしゃく》だかの金持ちで、もの凄く教養《きょうよう》のある男だった。セックスしてもいいかなくらいの、軽い気持ちで付いていったのが間違いさ」

ロバートは神経質そうに髪をかき上げながら、抑揚のない声で言う。

「東陽と同じだ。俺を組み敷こうとした。だけど……どうしても彼とは嫌だったんだよ。だから四階にある彼のバスルームの窓から逃げ出した」

「四階って、下手したら死ぬぞ」

「覚悟してた。それくらい嫌だったんだ」

嘘ではないのだろうか。マトリックスを連れ去られた今、そんなつまらない嘘は吐かないと思う。これは本当の話なのだろう。

死ぬ気で抱かれるのを拒絶したロバートが、東陽には素直に従った。どうしてなのだろう。

東陽は自分だけが特別だったことに、今更のように胸に甘い痛みを覚えた。

「それに彼の飼ってる、サーシャが大嫌いだ。よく犬は飼い主に似るって言うけど、あの陰険さは特別さ」

「サーシャか……名前だけは綺麗だが」

「彼の命令で、噛みつくように訓練されてるんだ。最初から唸ったり、いかにも怖そうな犬なら警戒するけど、サーシャは尻尾を振って近づいていって、いきなり噛みつく。そういうふうに教えられたんだよ」

ふつふつと東陽の中で怒りが膨らんでいく。ロバートを好きに弄ぼうとしたのも不愉快だが、罪のない犬を罪深いものに変えることは許せない。

「何てやつだ」

「陰険なやつなんだ。金があるから、人を使って俺の居場所をチェックしてるのさ。まさか日本まで追いかけてくるなんて思ってなかったから、油断したよ」

「マトリックスをどうするつもりだろう」

二人の間を、しばらくの間沈黙が支配した。

最悪の事態というやつを想定してしまう。たとえペットは家族同様だと言っても、司法の世界では人間扱いまではしてくれない。正式に訴えたとしても、解決までずっとその問題がロバートを支配し続け、苦しめる結果になってしまうだろう。

「すぐに見つけ出そう。そうしないと……」

「東陽、心配してくれてありがとう。けど、これは俺の問題だ」

ロバートはそこで悲しそうに言う。

「俺が、いい加減なことばかりしてきた罰《ばっ》さ」

「よしてくれ、ロバートらしくない。話を聞かなかったのは私も悪かったが、もう事情は分かった。このままやつの好きにはさせない」

「迷惑掛けるよ。だから……」

「だから何だ。迷惑ならもう最初から掛けられている。それでもちゃんと、新鮮なイチゴも買ってきてやったし、同じベッドで寝かせているだろ」

これは励ましているのだろうか。どうやらそうらしい。東陽はいつもの冷静さを吹き飛ばし、今はロバートが元気を取り戻すことばかり考えてしまう。

「家に一人で待っていて大丈夫か？」

「あの家は、セキュリティシステムがあるから安心だよ。生体認証のドアだから、こっちが開けなければ入れない。東陽、マトリックスは大丈夫だ。やつはマトリックスを餌に、俺を呼び出すつもりだろう」

「呼び出されてもすぐには行くな。黒丸を連れて戻るから」

争いなどない静かな生活に、東陽は憧れていた。それは幼い頃から、誘拐の危険について教えられて育ったせいかもしれない。父はいい意味でも悪い意味でも、目立った存在だった。そして人情家だと知れ渡っていたから、息子の東陽を誘拐すれば、何億でも出すと思われていたようだ。

危険をいつも想像して生きてきた東陽は、たとえ猫といえども、大切な存在を卑劣な手で奪ったやつが許せない。

体中がかっかっと熱くなるほど、東陽は怒りに燃えていた。

家にロバートを置くと、そのまま実家に黒丸を引き取りに向かった。その間も東陽の頭の中は、マトリックスのことばかりだ。

最初はあんなに嫌っていたのに、今は家族同様の親しみを感じている。明るく振る舞っているけれど、ロバートの中にも孤独感は根強くあって、それを払拭《ふっしょく》するのにはマトリックスが必要だったのだ。

東陽も同じだから分かる。恋人と上手く付き合えない不器用さを改善せずに、黒丸に癒されるほうを選んだ。犬は絶対に裏切らないからだ。

命の短い生き物だから、いずれ別れは来るだろうが、その頃には覚悟が出来ている。いきなりの別れは、やはり辛い。何とか見つけ出して、ロバートに笑顔を取り戻させてあげたかった。

やはり実家では、豪華《ごうか》な夕食を作って二人の帰りを待っていた。なのに東陽は事情も説明せず、黒丸を奪うようにして家に戻った。

黒丸はびっくりしている。再会の喜びを味わいたいのに、東陽は怒ったような顔をしていて、いつものように顔を舐めさせてくれないからだ。

「いいか、黒丸。マトリックスがいなくなった。探すのを手伝ってくれ……なんて言っても、分かってないんだろうな」

全く分かっていないようだ。東陽の車に乗れただけで、もう黒丸は嬉しそうに尻尾を振りながら、窓に前足を掛けて外の様子を見ている。

「見つけてあげないと可愛そうだ。最悪の事態は、出来ることなら考えたくない」

今からサヤカの家に戻って、周辺を探すつもりでいたが、ロバートを一人にしておくべきか悩んだ。

「一人でいたくはないだろう。連れていこう」

再び家に戻ることにした。その間も、視線はずっと道ばたに向いてしまう。マトリックスが歩いていないかと、つい見てしまうのだ。

こんなことで事故など起こしたくない。東陽は少し窓を開き、黒丸に頼み込んでいた。

「脇見運転は禁止だ」

「マトリックスを見つけたら教えてくれ」

そんなことを言われても、黒丸に出来る筈がない。東陽は苛立ちを押さえながら、どうにか家へとたどり着いた。

部屋に入ると、ロバートは電気も付けずにソファに座り込んでいた。その側に駆け寄ると、東陽は傍らに座ってその体を抱きしめる。

黒丸は帰ってきた安心感からか、しばらく家の中をうろうろしていたが、そこでやっとマトリックスがいないことに気がついたようだ。自ら階段を上がっていって、探し始めた。

「ロバート……そんなに落ち込むな。だが、どうしても泣きたければ、泣いていいんだ。こんな時の涙は、恥ずかしいものじゃない」

「慰めてくれてありがとう。だけど……本当に悲しい時は、涙が出ないんだ」

「……」

「彼が死んだって聞いた時も、すぐには泣けなかった。泣いたのは……日本にいた彼の家族から、ずっと後になって形見だって時計が送られてきた時だよ」

「ロバート……」

掛ける言葉もない。東陽はロバートが可愛そうでたまらなかった。むしろ自分のほうが泣きたいくらいの気持ちになっている。

「最善《さいぜん》を尽くすつもりだ。首輪にGPSは付けてないのか？」

「そんなものすぐに外されるから、意味がないよ。体内に埋め込むのは、残酷で嫌だし」

「そうか……で、連絡はまだないのか？」

そこでロバートは、ぎゅっと東陽を抱きしめた。

「やつは俺の新しい携帯の番号を知らない」

だったらどうやって連絡してくるつもりだろう。いや、連絡などせずに、このまま黙ってマトリックスを連れ去ってしまうつもりかもしれない。

「今から探しに行ってくる」

東陽はすっと立ち上がったが、ロバートにまた引き戻された。

「いいんだ、東陽。俺のためにベストを尽くそうとしてくれる、その気持ちだけで嬉しい。お願いだ、今夜は俺の側にいて……。一人でいると、嫌なことばかり考えるから」

「分かった。だけど探さなくていいのか？」

「警察に知り合いがいるなら、紹介して欲しい。日本の警察はエンコ？　身内のためならよく働くと聞いた」

　落ち込んでいるようで、ロバートの脳内ではしっかりと作戦が動き出しているらしい。それを知って東陽はほっとした。

　黒丸が二階から戻ってきた。どこにもマトリックスがいないと分かったのか、心持ち落ち込んでいるようだ。

「東陽の言うとおり、ペットホテルに預ければよかったな。まさかマトリックスを狙うなんて、考えてもいなかった」

「あの時はサヤカさんが、ロバートの気を惹こうとしているんだとばかり思っていたんだ。私の考えが浅かった。すまない、ペットホテルに行くよう、はっきり伝えればよかったのに」

「いいよ……悪いのは俺さ」

「自分を責めるな」

　ロバートを抱き寄せ、東陽はキスをする。何度も、何度もキスをしていた。そうでもしなければ、とても慰めることなど出来そうにない。

「東陽……優しいんだな」

東陽の頬に手を添えて、ロバートは悲しげに言う。

「このままじゃ……東陽を愛してしまいそうだ」

「もう愛してたんじゃなかったのか？」

「愛なんてなくても、セックスは出来る。ライクとラブは違うんだよ。好きだけど……愛まではいかない。そんな中途半端なところだったのに」

それは東陽も同じだった。惹かれているのは分かっていたが、ロバートが悲しんでいるというだけで、こんなに狼狽えてしまう自分が驚きだ。

「東陽、今夜はずっと抱いていて……」

「こんな時にセックスしたいのか？」

何もかも忘れるために、激しいセックスがしたいというのだろうか。けれど東陽のほうが落ち込んでいて、とてもそんな気分になれそうもない。

「違うよ……抱きしめて、一緒に眠ってくれればいいんだ。マトリックスの温もりがないと、俺は安心して眠れない」

「いいよ、そんなことで役に立てるなら、こんなに嬉しいことはない。ロバート、いつものようにポジティブに考えることだ。大丈夫、きっと見つかる」

「そうだな。もし見つからなかったら、東陽、俺の悲しみを和《やわ》らげるために、バックバージンをプレゼントしてくれ」

　こんな時なのに、ロバートはジョークを口にしている。東陽はそう思ったが、どうやらロバートは本気のようだ。あまりにも悲しみが深くて、そんなことでも口にしなければ、耐えられない気分だったのかもしれない。

「よし、約束する。ロバートが喜ぶなら、それでいい。何でもするから、笑ってくれ」

　するとロバートは東陽を見つめて、にっこりと笑った。

　その顔を見ているうちに、東陽はついに始まったと強く感じた。変なわだかまりもなく、純粋に東陽はロバートを愛し始めている。

　ロバートの笑顔を見ていたい。そのために東陽は、自分に出来るあらゆることを試みてしまうだろう。愚かだと思われても、東陽にはそんな愛し方しか出来ない。愛のない相手にはクールだが、情と名の付くものを抱いた以上、東陽はベストを尽くすのだ。

　完璧な料理、徹底的な掃除、そんなことが苦にならない男だ。ペットの世話ですら、魂《たましい》を込めて行う。

　そんな東陽が本気になったら、ロバートはこれまで知らなかった東陽と出会うことになるだろう。

「眠れなければ、薬か酒を用意する。疲れているだろうから、風呂にゆっくり入ったほうがいい。寝室にアロマオイルを用意しよう。嫌いな香りはあるか？」

「……優しい香りがいいな」

「分かった。それと、セックスする気がないなら、パジャマを着たほうがいい。体を冷やすと、体調を崩す。食べたくないだろうが、軽く食事をしよう」

「何だか、本当にマムみたいだな」

ロバートは苦笑すると、落ち着いたのかそこで黒丸を呼び寄せた。

「黒丸、無視してごめん。マトリックスを探してくれ。君と離したのがいけなかったのかもしれない。嫌われてもいいから、東陽のマムに預ければよかった。こんなに世話焼きの東陽を育てたマムだ。完璧に面倒見てくれただろう」

それを言われて、東陽は納得した。情にもろいところは父に似て、世話焼きのところは母に似ていた。そんなところが恥ずかしくて、いつもクールでいようとしていたが、結局はあの両親の息子なのだ。

心のどこかで、庶民向けの仕事をしていることに、恥ずかしさを感じていたような気がする。それを誇らしげにしている父を、恥ずかしいといつも感じていた。

だが、今は恥ずかしいとは思わない。情に厚い父は、庶民といわれる人達が、喜ぶ顔が見たかったのだと分かる。だから価格が安く、量もあるものを売り続けて、今の地盤《じばん》を築いたのだ。

「ロバート……君に対して私は冷たかったな」

「そんなことはないよ。冷たくしようと無理してたのは分かる。東陽は、俺を好きになったら、別れるのが辛いと思ってただけだ」

それはマトリックスを奪った男も同じだろう。ロバートを手に入れて、自分の側にずっと置いておきたいというのが本音の筈だ。それが出来ないから、代理にマトリックスを奪っていったのだ。

では東陽も、そうすべきだ。ロバートを失わないよう、何かで縛り付けておかないといけないだろう。けれどロバートは、猫のようにはいかない。自由を奪ったところで、それでロバートの何もかも手に入れたことにはならないのだ。

むしろ完璧な自由を与え、温かい目で見守ることが出来なければ、本当に愛しているとはいえない。

「私が本気になったらどうなるか……教えてあげよう」

「へぇ、どうなるんだ？」

「温かいスープ……それとホットチョコレート。ロバート、まずは体を温め、ゆっくり何も考えずに眠ることだ。こんな時に残酷なようだが、仕事を停滞《ていたい》させるわけにはいかない。サヤカさんにもわだかまりはあるだろうが、仕事ではきちんと対応してくれ」

「分かったよ……ボス」

そこで東陽はまた立ち上がり、気合いを入れてキッチンに向かう。朝までは浮かれた新婚カップルのように、ホテルのスイートで過ごしていた。リラックスしていた筈なのに、今はまたいつもの時間を無駄に出来ない自分に戻っている。

けれどそれも、やるべきことがなければ、激しく落ち込んでしまうのを防ぐためだった。

それから二日が過ぎた。どうやら気分が落ち込むと、それに合わせて性欲も減退《げんたい》するらしい。ロバートはひたすら仕事に没頭《ぼっとう》し、マトリックスの不在による悲しみを忘れようとした。

サヤカは居心地悪そうにしているが、噛まれた腕に包帯《ほうたい》を巻いて仕事に来ている。そして誠意を示すつもりか、ロバートのアシストを懸命《けんめい》に行っていた。

マトリックスはどこかにいる。ロバートはそう確信していた。もし死んだのなら、きっと夢ででもメッセージを送ってくる。けれどマトリックスからは、何のメッセージも送られてはいなかったのだ。

東陽が優しくなったのが救いだ。けれど優しすぎるという気がしないこともない。キングのくせに、東陽はちっとも尊大《そんだい》じゃないのが不思議だ。むしろクイーンのような気配りの出来る男で、ロバートはすっかり甘やかされていた。

愛される快適さを、しばらくぶりに取り戻した。ところが今回のは、これまで以上に特別だ。何にでも完璧主義者の東陽は、恋人となるからには完璧な恋人を目指すつもりらしい。

今夜も家に戻ると、ロバートの好みに味付けされたステーキと、芸術的とも思えるサラダ、それにニンジンのポタージュが用意されていた。
「食事を終えたら、黒丸を連れて出かける。その前に、テーブルの上の報告書を見てくれ」

「えっ？」

プリントアウトした紙には、様々な情報が寄せられている。どうやら東陽は、ロバートの知らないうちに犬仲間に声掛けしたらしい。

「何、これは？」

「やつが失敗したのは、自分達がこの国では、十分に目立ちすぎる存在だってことに、気付かなかったことだな」

そこにはジャックラッセルテリアを連れた、白髪の外国人の情報が山ほど載っていた。どうやらノーリードで散歩をさせているから、余計に目立っているらしい。

「警察より早いな」

ロバートは驚く。警察にはロバートの知っている彼の名前、ダビドフ・グレンチャンと伝えたが、どうやらその名前は嘘だったらしく、未だに捜査は手間取っている。サヤカが犬に噛まれているし、盗難と同時に被害届を出したが、まだ何の情報も届いていなかった。

「犬のブログなんてやってるような愛犬家は、結構横で繋がってる。散歩中も、何かブログのネタはないか、探し回ってるようなところがあるからな」

「これは何？」

マンションの入り口の前で、サーシャらしきジャックラッセルテリアが、片足を上げて盛大に放尿している写真があった。そのマンションの外観には見覚えがある。思っていたよりずっと近くだった。

「犬のブログをやってる女性からの報告だ。最近マンションでのマーキング行為が激しくて、自分の犬のせいにされていたそうだ。それでビデオをセットしておいて、証拠写真を撮ったんだが、サーシャか？」

「ビンゴ……。じゃ、この近くにまだいるってこと？」

「その男が猫を飼ってるか聞いたら、どうやらその男の住まいの辺りから、猫の鳴き声が頻繁《ひんぱん》に聞こえるらしい。だから黒丸を連れて、確かめに行く。どの目撃情報も、いいか、地図の半径五百メートル以内だ」

わざわざ自宅を中心にした地図を印刷し、目撃されたポイントに印が付けられている。東陽はいつだって、何か一つするのに完璧を目指さないといられないのだ。

「どうやら外国人向けの高級賃貸マンションにいるみたいだ。マトリックスがいるという証拠がなければ、突撃しても拒まれる。勝手に家の中には入れないからな」

「そうか、そうだな。でも、どう言ってこの情報集めたんだ？」

「凶暴なジャックラッセルテリアに、うちの黒丸が噛まれたことにしたんだ。サーシャは、どの犬にも喧嘩を吹っかけるだろ。しかもいつもノーリードだから、危険犬としてこの辺りで認定されているんだよ」

一気に希望が見えてきた。マトリックスは生きているだろうか。そして大切にされているのだろうか。ただし彼の好きな自由は奪われてしまっているが。

「やつは猫を飼う方法なんて知らない。恐らくケージに閉じこめっぱなしだろうな。マトリックスは紳士だから、排泄《はいせつ》は家できちんとすませる。人に迷惑を掛けないことを知っているんだ。その上で外出することが、マトリックスの生き甲斐なのに」

「ああ、分かるよ。黒丸の散歩に、いつも同行してくれている。マトリックスは散歩が好きだ。狭いマンションで飼うのには、いずれ限界がある。リードを付けて散歩するようになるかもしれないが、こっちもそれまで待っていることは出来ない」

東陽は見事な料理を食べ始める。けれど食卓にあるべきワインが、今夜はなかった。車を運転するつもりだからだ。

「もしかしたら別の猫かもしれない。だから黒丸が必要なんだ。マトリックスは黒丸と仲がいい。夜に二匹でいる間は、寄り添って眠っていた。きっとマトリックスがいると分かれば、大騒ぎしてくれるだろう」

「どうしてそんなことが分かるんだ」

「私達が眠った後、マトリックスは黒丸のマットに移動している。それを黒丸が喜んでいたから、あえて無視していたんだ。犬と猫でも、相性はあるみたいだな」

けれどロバートが目覚めると、マトリックスは律儀にロバートの側にすり寄る。浮気してごめんなさい、だけど一番好きなのはあなただからとでも言うように。

「東陽、すぐに食べよう。あそこにいるのは、他の猫なんかじゃない。マトリックスだ」

ロバートの中で、疑惑は確信に変わった。だったらすぐにでも、迎えに行かなければいけない。東陽が集めてくれた情報を、無駄にはしたくなかった。

二人は急いで食事をする。東陽の傑作《けっさく》をもっと味わいたかったが、そんな余裕はもうなかった。

「東陽は最高の恋人だ。俺とマトリックスのことを、よく分かってくれている。その上タフで、優しくて、料理は天才的だもの」

「……これでも浮気するつもりなら、その前にきちんと問題点を口にしてくれ。私はそれほど寛大《かんだい》じゃない。見かけより嫉妬深いしな」

「あっ」

そこでロバートは、もしマトリックスが見つかってしまったら、東陽はずっとキングのままだということに気がついた。

「何だ？　言いたいことがあるなら言えよ」

「いいんだ、もう……」

東陽が恋人になってくれるなら、このままクイーンでいても構わない。性欲なんてものは、満たされてしまえばそれだけだ。それよりもこの魅力的な男と、ずっと付き合っていけるほうをロバートは優先したい。

慌ただしく食事を終えると、東陽は黒丸にハーネスとリードを付ける。黒丸は散歩に行けると思ったのか、盛大に尻尾を振って喜んでいた。

「黒丸、今夜はマトリックスを奪還《だっかん》しに行くんだ。マトリックスの匂いがしたら、派手に吠えて教えてくれ。マトリックスは猫だが、我々の仲間であることに変わりない。分かるだろ」

はい、分かりましたとでも言うように、黒丸はお座りしてじっと東陽を見つめる。ロバートはその横に並んで、同じように尻尾を振りたい気分だった。

「彼だと分かったら、警察を呼ぼう。サヤカさんが被害届を出しているし、盗んだものが猫でも、十分に犯罪行為だ」

東陽が今夜は散歩用のウェアなのは、より動きやすいようにとの配慮だろう。ロバートはそんな東陽の凛々《りり》しさに、こんな時だというのに発情しそうだった。

「ロバートがここにいるのは分かっているのに、何でなにも言ってこないんだろう。それが不思議だ。マトリックスを餌に、ロバートと話したいとは思わないんだろうか」

この二日間、東陽は自宅のセキュリティビデオを毎日帰宅後に再生している。けれどダビドフの姿は映っていなかった。

「犯人があいつだって、俺が気付いているのは知ってるんだ。苦しませるのが目的だから、絶対に自分から近づいては来ない」

「どういう精神構造してるんだ？　さっさと警察にストーカーとして突き出せばよかったのに」

「俺も悪かったんだよ。俺が手に入らないことで、あいつが焦れるのを見ていて楽しんでいた部分もある。いつまでも獲物の息の根を止めず、残酷なからかいを繰り返す猫みたいなものさ」

追われていることを楽しんでいる部分もあった。自分を不愉快にさせたダビドフが、執拗に追い回しても絶対にロバートが落ちないと、焦れている様子を見ては溜飲《りゅういん》を下げていたのだ。

アメリカにいても、いつかは同じようなことになっただろう。ロバートに復讐《ふくしゅう》するなら、マトリックスを奪うことだ。それをわざわざ日本でやることに、ダビドフのより強い執着が感じられた。

「俺が傲慢《ごうまん》だった。これは罰だよ」

またもや弱気になりかけたロバートを、東陽はそっと抱きしめてくれた。

「反省したら、二度と同じ過《あやま》ちは繰り返さないことだ」

「んっ……」

東陽に抱き付き、ロバートは不安を追い払う。そして心の中でマトリックスに、今から迎えに行くからと伝えていた。

黒丸には事態の意味が分からない。それでも唯一すぐに役立てたのは、サーシャのマーキングの跡に出くわすと、ウーウー唸るということだった。いつもは行儀のいい黒丸が、こんなことをするのは珍しい。そして黒丸は、東陽に命じられなくても、勝手にサーシャのマーキングの跡の追跡を始めてしまった。

「いきなり押し入っても、入れてはくれないだろうな。もしかしたら俺達が来たのを知って、マトリックスを殺したりしないだろうか」

ロバートはこの期に及んで、まだ不安を消せないでいる。やはりここは警察官と一緒に行くべきなのだろうか。

「多分、ここだろう」

東陽はそう言うと、ポイントの中心部を示す。そこにはここの住所が記載されていた。いかにも高級そうな作りのマンションの入り口は、オートロックになっている。招かれない限り、中には入れないのだ。けれどロバートは、後から入ってきた外国人女性に気軽に話し掛けていった。

『ジャックラッセルテリアを飼ってるミスター……の家は、何号室でしたっけ。散歩に行かれたのか、電話しても出ないんですが』

名前のところは早口でさらりと流した。東陽が黒丸を連れているから、愛犬家の友達だと思ったのだろうか。女性はすんなりと部屋番号を教え、オートロックのドアを開いて一緒に入ることを許してくれたのだ。

教えられた402号室の前に立つと、ロバートはぶるっと体を震わせる。

それと同時に、黒丸も激しく体を揺すったと思ったら、激しく吠えてドアを引っ掻いている。

「さすがだ、黒丸。匂いで分かったのか」

けれどそれだけでは証拠にならない。

黒丸は狂ったように吠え続けている。その合間に、必死な猫の鳴き声が聞こえたような気がした。マトリックスが黒丸の声に反応したのではないだろうか。

けれどその鳴き声も、すぐに小さくなってしまった。もしかしたら危険を察知して、マトリックスをクロゼットの奥にでも閉じこめたのかもしれない。

「東陽、ここからは俺一人で十分だよ」

「どうして？　相手の狙いはロバートなんだぞ。わざわざ日本まで追いかけてくるなんて、病的なストーカーじゃないか。何をされるか分からないのに……」

ロバートにはダビドフと名乗った男の狙いはたった一つだ。服従の言葉を口にして、ロバートが命令に従う素振りを見せれば、マトリックスを返してくれるかもしれない。東陽という、ロバートの新しい恋人を同伴したら、逆上して何をするか分からなかった。

だからここは一人で行こうと思った。

だが、勇気ある東陽が、ロバート一人で行かせる筈がなかった。

「猫は飼うなと、あの男に言われた。そういう意味だったんだな。ロバート、マトリックスのために屈辱を受け入れるつもりなんだろ。だが、そんなことするだけ無駄だ。戦いは常に勝つ気で赴《おもむ》く。最初から負けを想定していたら、勝負になどならない」

「東陽、クールじゃないな」

「ああ、あんな卑劣な男に、大切なロバートとマトリックスをいいようにされてたまるか。何があっても勝ちにいく」

今日の東陽はどうかしている。いつもの何倍もの熱さで、ロバートを下がらせるとドアを叩き始めた。黒丸もますますヒートアップし、ギャンギャン吠えている。

『開けろ。いるのは分かっているんだ。警察官と一緒にいる』

「えっ？」

嘘など口にしなそうな東陽が、さらっと嘘を口にしたのでロバートは固まる。

「そんなことしたら、マトリックスが危なくないか？」

「ああいう卑劣なやつは、すぐには殺さない……というか、マトリックスがそれをさせない。大人しく敵に捕まるようなやつじゃない。ロバート、マトリックスを信じろ」

そこで、『アーオーッ』と、必死で叫ぶ猫の声が微かに聞こえてきた。すると負けじとギャンギャン鳴く犬の声が聞こえてくる。部屋の中で何かが壊れる、大きな音もしていた。

「マトリックスッ！」

ロバートが叫んだと同時にドアが開き、顔に大きなミミズ腫《ば》れを幾つもつけられたダビドフが現れる。

きっとキャリーからマトリックスを出し、ケージに入れようとでもしたのだろう。その時に盛大にやっつけられたようだ。

「ほうら、みろ。マトリックスは戦士だ。立派に戦ったじゃないか」

男は手にも、かなり深い傷を負っていた。

「ロスで一度、マトリックスがサーシャに襲われたことがあるんだ。マトリックスは、忘れなかったんだな。しっかり復讐したらしい」

ロバートは嬉しくなる。やはりマトリックスは普通の猫じゃない。自ら戦って、その身を守ったのだ。

ダビドフは何も言わないが、そのぎらつく目はロバートをひたと見つめていた。

『ミスター・ダビドフ。何でこんな愚かなことをしたんだ？　こんなことしても、俺はあんたの前には跪《ひざまず》かない。猫を犬に変えようとしても、無理だっていうのが分からないのか？』

東陽には何の意味か分からないだろう。

紳士だと思っていたダビドフが、大型犬用の首輪を取り出し、ロバートに填めようとしたのがそもそもの発端《ほったん》なのだ。単なる遊びだったら許せたかもしれないが、ロバートは奥の部屋に大きな犬舎があるのを見逃さなかった。

だから逃げたのだ。たとえそこが四階だろうとも。

ただロバートをクイーンにしようとしただけではない。雌犬《めすいぬ》にしようとしたから、ロバートは逃げた。

服従を強制するような相手と、ロバートが上手くやっていける筈がない。あの時、ダビドフの毒牙にかからなかったのは正解だ。その後、ついに東陽という最高の男に巡り会えたのだから。

『ロバート、私のプレゼントの苦しみを少しは楽しめたか？』

ダビドフは抑揚のない声で言う。

『君は相変わらず、猫といたがっているようだが、そこにいるのは新しい雄猫か？　それとも雌猫か？』

東陽を示して、ダビドフはつまらなそうに言う。

すると黒丸は、歯茎を剥きだしてウーウーと唸り始めた。

そしてダビドフの横をすり抜けて、中へと突進していく。けれどリビングに続くドアは閉められていて、どうしてもそこから先に入れない。

中ではサーシャとマトリックスの壮絶《そうぜつ》な戦いが続いている。そこへ黒丸が、何とドアノブに前足を掛け、全身の体重を重しにしてドアを開いた。大きな黒丸の吠え声に、マトリックスの威嚇する声が被さる。こうなると凶暴犬のサーシャも勝ち目はない。

『ロバート、ここでなら誰にも邪魔されずに、ゆっくり話し合えると思ったのに、相変わらず手が早い。もう日本産の獲物を手に入れている』

ダビドフは不利になったサーシャを、助けに行こうともしない。そしてつまらなそうに、ロバートから視線を外して話していた。

『彼は猫じゃない。犬だ……だけどただの犬じゃない。愛する者を守れる、本物の犬さ』

『あれから何人目だ？　人種も違えば、顔つきも違う。相手が誰でもいいのか。このまま野良猫になっていくのを、見ているのは辛いんだよ』

これを言われると思ったから、ロバートは東陽をダビドフに会わせたくなかったのだ。

『自分に相応しい飼い主のところに、身を寄せるのが一番だ。何度も、そう説明しているのに、ロバート、どうして逃げるんだ』

『あんたが嫌いだからさ。俺の大切なマトリックスを、どうするつもりだったんだ？　どうせ、俺が苦しんだり、悲しんだりするのが見たかったんだろ』

この二日間、ダビドフは楽しんだ筈だ。どうせまた人を雇って、ロバートの姿を隠し撮りしていたのだろう。

『もう限界だ。ダビドフ、弁護士を用意したほうがいい。続きは法廷《ほうてい》でやろう』

ロバートがそう宣言した時、奥から黒丸がマトリックスを咥えて必死になって走ってきた。その後ろ足には、サーシャが食らいついている。

「黒丸っ！」

すぐに東陽は飛び出していき、サーシャの鼻先をぎゅっと握った。息の出来なくなったサーシャは口を開き、その隙に東陽は黒丸から引き離す。

「ダビドフに飼われたら、どの犬もみんなこうなるんだな。可愛そうに、犬には罪がないのに、ひどい躾をしている」

東陽はサーシャを抱え、その鼻先を掴み続けながら言った。

その合間に黒丸は、傷付けられた足を引きずりながら、ロバートにマトリックスを届けていた。黒丸もサーシャも傷があるが、マトリックスは奇跡のように無傷だった。その小さな体を胸に抱きしめて、ロバートは幸福に酔いしれた。

「ありがとう、黒丸……。東陽の愛犬だけのことはある。君は最高の犬だよ」

ロバートはマトリックスを抱え、黒丸に舐めさせた。嫌がるかと思ったが、マトリックスは素直にされるままになっていた。

『分からないんだが……なぜ、そこまでロバートに執着するんだ？』

東陽の質問に、ダビドフは笑う。ほとんど表情を崩さないのが、何とも不気味だった。

『手に入らないものなど、私にはほとんどないのでね。ロバートがなぜ従わないのが、私には分からないんだ。何なら、君もどうだ？　私に躾られてみないか？　いい犬になれたら、君の事業に投資してやってもいいが』

『躾るって、こんなふうにするつもりか？』

ガウガウ吠えまくるサーシャを、東陽はそのまま抱え上げてトイレに閉じこめてしまった。

『犬をあんなひどい状態にして、何とも思わないのか？　非常識だ』

『あれがひどいとは思わないね。いきなり人の家に押しかけてくる、君らの行動のほうがずっと非常識じゃないのか』

トイレの中でサーシャが狂ったように吠えていても、ダビドフは助けに行かない。それを見て東陽は、ロバートの元に戻ってきてしっかり肩を抱いてくれた。

『あなたのような危険な人間のいる国に、ロバートを帰したくなくなってきたな』

「えっ……」

東陽の英語は、特別上手いというほどではない。日本人らしいぎこちなさがあるが、確かに今ロバートは、東陽が帰したくないと言ってくれたのを聞いたのだ。

『もう彼のことは諦めたほうがいい。ロバートは私を選んだんだ。私もロバートを手放す

気はない。もうあなたに出る幕はないから』

「東陽……」

はっきりと宣言する東陽の横顔を、ロバートはうっとりと見つめる。

「さっき電話しておいたから、そろそろ警察が到着する頃だ。この調子だと、黒丸を怪我《けが》させたことも、マトリックスを連れ去ったことも、謝罪する気はなさそうだな。ロバート、こんな危ないやつがうろついてるロスアンゼルスに、急いで帰ることはない。この男がロバートを忘れるまで……日本にいたほうがいい」

「困ったな。それだとすぐに忘れてくれって、ダビドフに言えなくなりそうだ」

遠くからパトカーのサイレンが近づいてきている。それを聞いてダビドフは笑い出した。

『たかが猫のことで、ポリスを呼ぶのか？　日本は平和な国だな』

『たかが猫じゃない。マトリックスはマトリックスだ。他のどんな存在とも違う。この世でたった一つしかない、特別なものだよ。それと同じく、東陽も特別なんだ。だからもう野良猫みたいな真似はしない』

ロバートは優秀な弁護士を、用意しなければいけないと思った。心が壊れているなんて理由で、ダビドフが罰されないことになったりしたら大変だ。

マトリックスはロバートの肩に乗り、喉をゴロゴロ鳴らしている。けれど二日間、まともに食事もしていなかったのか、その腹は小さくなってたるんでいた。

ダビドフの本名は、ゾルド・イワノビッチといって、東欧《とうおう》出身の著名《ちょめい》な物理学者だった。それを聞いてもロバートは、何も感じてない。それよりしなければいけない仕事が、彼のせいで遅れたことを恨むのに忙しかった。

どうせアメリカから凄腕の弁護士がやってきて、サヤカと東陽、それにロバートに莫大《ばくだい》な示談金《じだんきん》と治療費を提示する筈だ。それで許す気はないが、マトリックスは戻ったし、東陽の本気が分かってロバートとしては満足している。

無事にマレーシアから資材が到着し、順次改装が始まった。古い店内が壊されていく様子を東陽と並んで見ながら、ロバートはこれまでにない充実感を味わっていた。

「外のウッドテラスもいい感じだ。ナチュラルで自然志向。雨水を溜めて、ガーデンの散水《さんすい》や駐車場の清掃に使う。屋根にはソーラーシステム、東陽、ここはうんとエコで宣伝するといい」

最初、社長の光陽は、このシステムの導入に難色《なんしょく》を示した。エコブームに乗っての、何かお祭り騒ぎみたいで嫌だったようだ。

けれどロバートは、会社自体がエコに取り組んでいるという姿勢を売り物にするよう、光陽を説得してしまった。

「いいな……いい感じだ。これまでもっと派手な仕事もしてきたけれど、それとは違う充実感がある。優しさ、寛ぎ、そんなものを全面に打ち出したからかな」

外のテラスはペット同伴可、喫煙も可となっている。子供連れには、防音壁のある奥のコーナーを用意した。床は段差を無くし、車椅子での来店も可能なバリアフリーだ。

「ここまでして来客数が少なかったら、それは料理と接客の問題だ。そうだろ、専務?」

東陽をちらっと振り返って、ロバートは笑いながら言う。

「そうだな……。それで、ロバート……これからのことなんだが」

東陽は言いかけて止めてしまった。その話をここですべきではないと思ったのだろう。何しろ、仕事とプライベートは、分けないといけないのだから。

「条件は、マトリックスをちゃんと面倒見てくれるかだな」

ロバートは設計図を見ながら、汚れた壁紙の剥がされた跡が、マレーシア産の板で綺麗に覆われる場面を想像する。

「仕事先にいつもマトリックスを連れ歩いていたけど、そろそろ彼にも定住先が必要だ。俺がいない間、東陽ならちゃんとマトリックスの面倒を見てくれるだろ?」

「……そうだな、だけどマトリックスと離れてしまったら、寂しくないか?」

「寂しいよ。会いたいに決まってる。だから真っ直ぐに飛んで帰る。ロスからでも、パリからでも、寄り道せずに帰るから」

だから東陽にも待っていて欲しい。浮気もせず、ひたすらロバートだけを待っていて欲しかった。

「マトリックスを預けられる人間なんて、そういないんだ。しかも一日じゃない。一ヶ月になるかもしれないのに……」

東陽に預けるのなら、マトリックスはきっと許してくれる。黒丸がいれば、日中も決して寂しくはないだろう。

終わり

■あとがき■

いつもご愛読《あいどく》、ありがとうございます。初めての読者様、どうぞこれからもよろしくお願いいたします。

今回は犬猫がらみの話でありますが、私自身、何十年もペットと共に暮らしてきました。水族館の飼育記録より長生きさせたウーパールーパー、二ミリほどの中国の鈴虫《すずむし》なんて変わり種から、王道の犬猫兎まで、まぁ、よく飼ってきたものです。

昔からペットはどこのお宅でも家族の一員でしたが(蛙《かえる》やカブトムシなんかまで家族扱いしないでくれと、本物の家族から文句《もんく》言われそうですね)、最近のペット事情は少し違ってきているようです。

子供のように可愛がる、まさにそんな感じの人たちが増えてますよね。可愛いお洋服を着せたり、誕生日にはケーキやプレゼントを用意したりなんてね。

ペットを飼うのに便利な物が次々と商品開発され、ペット用フードも充実し、誰もがペットを育てるのに苦労しなくなったせいもあるでしょう。

けれどそうやって可愛がられるペットだけではないのが、とても残念です。飼ってはみたものの、やはりぬいぐるみとは違い面倒だと感じるのでしょうか。ゴミのように捨てられるペットが跡を絶たないのですから。

マトリックスも、そうやって捨てられた猫でしょうか。いい男に拾われてよかったねってところです。いや、こんな頭のいい猫だったら、私も欲しい。

犬と猫、一緒に暮らすと意外にも仲良しになります。以前飼っていたグレートピレニーズは、お腹《なか》にキジトラの猫を乗せて寝かせていました。犬猫だって仲良く出来るのだから、人間同士ならもっと仲良く出来てもいいのに、何だか殺伐《さつばつ》としていく世の中が悲しいです。


イラストお願いいたしました東野海様、ご迷惑おかけして申し訳なかったです。しかも犬猫ありでご苦労かけまして、本当に平身低頭《へいしんていとう》でございます。ありがとうございました。

担当様、いつもすいません。いつかはきっと、優等生に戻れると信じたい。

そして読者様、ペットなど興味のないかたもいらしたでしょうが、楽しんでいただけたら幸いです。私が今一番飼いたいペットは、つんつん耳あり、もふもふ尻尾ありの人間タイプの大型犬。そんなものがいたら、ぜひご一報ください。捕獲にまいります。

それではまた、ショコラ文庫で。

剛　しいら拝

初出
「猫を愛でる犬」書き下ろし

この本を読んでのご意見、ご感想をお寄せ下さい。
作者への手紙もお待ちしております。

あて先
〒171-0021東京都豊島区西池袋3-25-11第八志野ビル5階
(株)心交社　ショコラ編集部

猫を愛でる犬

2011年7月20日　第1刷

著　者:剛しいら
発行者:林 高弘
発行所:株式会社　心交社
〒171-0021　東京都豊島区西池袋3-25-11
第八志野ビル5階
(編集)03-3980-6337 (営業)03-3959-6169
http://www.chocolat_novels.com/
印刷所:図書印刷 株式会社

小説ショコラ新人賞 原稿募集

賞金

大賞…30万
佳作…10万
奨励賞…3万
期待賞…1万
キラリ賞…5千円分図書カード

大賞受賞者は即デビュー
佳作入賞者にもWEB雑誌掲載・
電子配信のチャンスあり☆
奨励賞以上の入賞者には、
担当編集がつき個別指導!!

第二回〆切
2011年8月1日(月)必着
※締切を過ぎた作品は、次回に繰り越しいたします。

発表
2011年10月下旬
(詳しくはショコラ公式HP上にてお知らせします)

【募集作品】
オリジナルボーイズラブ作品。
同人誌掲載作品・HP発表作品でも可(規定の原稿形態にしてご送付ください)。

【応募資格】
商業誌デビューされていない方(年齢・性別は問いません)。

【応募規定】
・400字詰め原稿用紙100枚～150枚程度(手書き原稿不可)。
・書式は20字×20行のタテ書き(2～3段組みも可)にし、用紙は片面印刷でA4以下のものをご使用ください。
・原稿用紙は左肩をクリップなどで綴じ、必ずノンブル(通し番号)をふってください。
・作品の内容が最後までわかるあらすじを800字以内で書き、本文の前で綴じてください。
・応募用紙は作品の最終ページの裏に貼付し(コピー可)、項目は必ず全て記入してください。
・1回の募集につき、1人2作品までとさせていただきます。
・希望者には簡単なコメントをお返しいたします。自分の住所・氏名を明記した封筒(長4～長3サイズ)に、80円切手を貼ったものを同封してください。
・郵送か宅配便にてご送付ください。原稿は原則として返却いたしません。
・二重投稿(他誌に投稿し結果の出ていない作品)は固くお断りさせていただきます。結果の出ている作品につきましてはご応募可能です。
・条件を満たしていない応募原稿は選考対象外となりますのでご注意ください。
・個人情報は本人の許可なく、第三者に譲渡・提供はいたしません。

【宛先】
〒171-0021
東京都豊島区西池袋3-25-11　第八志野ビル5F
(株)心交社　「小説ショコラ新人賞」係

CHOCOLAT BUNKO